Prune Ber

Du bist nicht meine Mutter

Roman

Aus dem Französischen
von Claudia Steinitz

Deutscher Taschenbuch Verlag

Ungekürzte Ausgabe
Oktober 2005
Deutscher Taschenbuch Verlag GmbH & Co. KG,
München
www.dtv.de

Titel der französischen Originalausgabe:
»T'es pas ma mère«
(Actes Sud, Arles 2001)

Umschlagkonzept: Balk & Brumshagen
Umschlaggestaltung: Stephanie Weischer unter Verwendung
eines Fotos von © photonica/Jake Wyman
Satz: UMP Utesch Media Processing GmbH, Hamburg
Druck und Bindung: Druckerei C. H. Beck, Nördlingen
Gedruckt auf säurefreiem, chlorfrei gebleichtem Papier
Printed in Germany · ISBN 3-423-20838-4

Für Floriane,
Volcy und Orion

ANNE VALLIO AN STÉPHANIE BOUVIER

Bourg-la-Reine,
12. Mai 1996

Meine liebe Tochter,

sicher habe ich nicht das Recht, Dich so zu nennen. Aber es gibt Dich, gerade habe ich es erfahren, und Du bist zwanzig Jahre alt. Ich weiß noch nicht, ob ich diesen Brief für Dich oder für mich schreibe oder um ein Band zwischen zwei Ozeanen zu knüpfen.
Alles hat vor sechs Monaten angefangen. Armelle, die mir in der Boutique beim Verkauf der Unterwäsche hilft, hatte mich gebeten, sie zu einer Abtreibung ins Krankenhaus zu begleiten. Ich mag Armelle sehr gern. Sie hat zwar kein Gespür für saubere Verarbeitung, eine besonders feine Naht oder schmeichelnde Farben, aber sie weiß intuitiv, wie man neue Kundinnen überzeugt. Sie trägt einen Hauch von Frische und Lebensfreude in die-

sen Ort, den die Frauen, die sich hier ausziehen und vor einem fremden Spiegel die Rundungen eines Beins zur Geltung bringen oder eine unvorteilhaft geformte Brust verbergen wollen, sonst leicht als einschüchternd empfinden.

Armelle ist wie ein Sonnenstrahl, ziemlich aggressiv, aber dennoch warm, und sie erreicht, was sie will.

Also schloss ich die Boutique für einen Tag und bestellte ein Taxi, mit dem ich sie an jenem Morgen bei ihren Eltern abholte. Wir betraten das kleine, graue Krankenhaus. Eine Krankenschwester ohne Lächeln verfrachtete uns in ein grünliches Zimmer, Armelle auf ein Bett und mich auf einen Hocker. Zuerst wurde ein Ultraschall gemacht.

Ich zitterte und versuchte meine Aufregung zu verbergen. Sie selbst sah nicht hin. Dann kehrten wir ins Zimmer zurück. In der Etage über uns trainierten die Neugeborenen ihre Lungen und ihre Stimmbänder und gaben erste Kostproben ihrer Charakterfestigkeit. Ab und zu kam eins in einer durchsichtigen Wiege im Flur vorbei, die von einem fröhlichen Vater, einer Großmutter oder einer Schwester geschoben wurde … Eine Frau in Weiß holte Armelle ab.

Als sie zurückkam, war sie erschöpft, wollte aber sofort gehen. Ich drückte ihre Hand und fing auf einmal an zu weinen. Ich konnte gar nicht mehr aufhören. Sie tröstete mich und versicherte mir, dass sie die richtige Entscheidung getroffen hätte. Sie könne kein Kind annehmen, das sie ohne Liebe empfangen hatte, kein Kind ohne Vater großziehen, außerdem sehe sie die Zukunft der Welt nicht so strahlend, dass man unbedingt ein neues Balg hineinsetzen müsse.
Normalerweise weine ich nie. Ich wollte sie gern beruhigen: Nein, nein, ich weinte nicht ihretwegen und ganz bestimmt nicht um diesen winzigen Ansatz eines Kindes, das niemals wachsen würde. Meine Tränen kamen von weit her.
Aus Asien, sagte ich, um sie endgültig zu beruhigen. Aber die Tränen flossen immer stärker, wie der Doppelstrahl einer Dusche, lautlos und salzig. Um in diesem trostlosen, anonymen Zimmer nicht zu schluchzen und um meine Würde zu bewahren, dachte ich an die Reisfelder der Kindheit meiner Mutter, an die Fotos, auf denen sie meinen Vater anlächelt.
Ich war drei Jahre alt, als mein Vater mich nach Frankreich brachte. Seitdem habe ich meine Mutter nicht wiedergesehen. Vielleicht war es dieser

Gedanke, der meine Tränen versiegen ließ. Ich entschuldigte mich bei Armelle und versprach, ihr bei Gelegenheit von Asien zu erzählen. Sie versprach mir dafür, nicht mehr leichtfertig Babys zu produzieren und einen Vater für ein kleines Mädchen mit fröhlichen Augen zu suchen, das sie auch zu Ende machen würde.

Über Asien sprachen wir ein paar Tage später. Madame Komatzu, eine Japanerin, kam Unterwäsche kaufen. Sie verbringt immer Stunden damit, die BH mit zarten, beweglichen Fingern zu betasten. Sie achtet weniger auf Comfort als auf die Geschmeidigkeit des Stoffes für eine Männerhand und auf das Moltonfutter, das ihren Brüsten eine ansehnliche Rundung gibt, »ohne dass man spürt, dass sie nicht ganz natürlich ist«. »Etwas mehr Pfirsich bitte, etwas weniger Champagner«, sagt sie mit leiser Stimme, die unter ihrer Sanftheit ruhige Entschlossenheit verrät.

Manchmal frage ich mich, warum ich so viel Geduld mit ihr habe. Ist es ein geheimes Verständnis, Bewunderung für ihre Eleganz oder eine gewisse Faulheit?

Ich weiß nicht, ob ich von Geburt tolerant oder gleichgültig bin.

Auf jeden Fall habe ich nie die Kraft in mir gefun-

den, gegen das Schicksal zu kämpfen oder für eine Überzeugung, die so stark gewesen wäre, dass ich sie mit anderen hätte teilen mögen.
Ich habe auch nicht um Dich gekämpft, meine Kleine, wie auch meine Mutter sicher nicht gekämpft hat, um mich bei sich zu behalten. Ist es Weisheit, ist es Schwäche, ist es »genetisch«, wie man heute sagt, um nicht handeln zu müssen?
Als sich Madame Komatzu an jenem Tag mit einem einzigen BH und einem Paar sehr feiner grauer Strümpfe verabschiedet hatte, war der ganze Laden voll ausgepackter Dessous, und Armelle explodierte: »Ein Glück, dass Sie keine Japanerin sind! Wo sind Sie doch gleich geboren?«
Mein Liebes, Du sollst wissen, dass mein Vater, Dein Großvater, Franzose war, Offizier und Sohn eines Offiziers, seine Familie stammt aus Angoulême. Er lernte meine Mutter in Indochina kennen. Auf den Fotos sehen sie glücklich aus. Sie ist ganz klein und zart, ihr fehlt ein Zahn an der Seite und die anderen sehen auch nicht sehr schön aus, aber ihr Lächeln ist vertrauensvoll, nur etwas zurückhaltend, wahrscheinlich wie meins. Mein Vater wollte zuerst mich mitnehmen, um seine Eltern auf eine asiatische Schwiegertochter vorzubereiten. Als er nach Vietnam zurückfuhr, um

meine Mutter abzuholen, hatte sie ihr Leben geändert und ihre Unabhängigkeit erlangt. Ich habe niemals erfahren, ob sie sich weigerte, ihm nach Frankreich zu folgen, oder ob mein Vater plötzlich Angst bekam.

Heute fehlt mir meine Mutter. Vielleicht ist das der Grund dafür, dass ich diesen Brief schreibe, dass ich Dich gesucht habe.

Ich habe meine Großmutter immer »maman« genannt. Als ich klein war, war sie zärtlich und streng, dick und ungerecht, aber immer überzeugt, Recht zu haben. Auch wenn es manchmal vorkam, dass sie zwischen zwei Stückchen Kuchen zu ihren Freundinnen schlecht über meine Mutter redete, erklärte sie mir immer wieder, eine Tochter dürfe nicht über die Mutter urteilen, erst recht nicht, wenn diese Dame von einem so außergewöhnlichen Mann geliebt werde wie ihrem Sohn, meinem Vater. Vor seinem Tod bat mich mein Vater um Verzeihung, aber ich weiß nicht, wofür: weil er mir meine Mutter geraubt hat, mein Heimatland oder Dich, meine Tochter?

Heute ist die Frau, die ich »maman« nenne, sehr alt. Es demütigt sie, die Kontrolle über ihren Körper zu verlieren, und sie verbirgt diese Schwäche, indem sie die Verrückte spielt. Aber selbst dick,

verrückt und nörglerisch bewahrt sie noch eine Kraft und eine Autorität, die mich beeindrucken, mir fremd sind, mich stören.
Wir sind weit weg von den zarten Dessous von Madame Komatzu. Dabei habe ich Armelle an jenem Tag zum ersten Mal von Dir erzählt.
Mit zweiundzwanzig Jahren hatte ich eine Ausbildung als Buchhalterin abgeschlossen. Ich wohnte im kleinen Haus meiner Mutter-Großmutter in Bourg-la-Reine. Dort war ich wie ein Bürgermädchen aus vergangenen Zeiten erzogen worden. Jeden Tag kam ich nach dem Unterricht um 16.30 Uhr nach Hause, ging einkaufen, legte die Pakete in das Spülbecken und ging in mein Zimmer hinauf, hörte Chansons und las die Zeitschriften meiner Großmutter über Mode, Schönheit und Gesundheit … Ich beteiligte mich an allen Spielen und Wettbewerben, gewann Nagellack, den ich nicht tragen, oder Karten für Rockkonzerte, zu denen ich nicht gehen durfte.
Erlaubt war mir nur, mich an den wohltätigen Werken zu beteiligen, die vom Gemeindepfarrer oder von der Grundschuldirektorin organisiert wurden. Durch Vermittlung des Pfarrers brachte ich Kindern das Lesen bei, die zu arm waren, um in das Schulsystem integriert zu werden. Auf Bit-

ten der Lehrerin putzte ich die Wohnung einer alten Dame aus dem Viertel, schälte ihr Kartoffeln, las ihr billige Liebesromane vor und schnitt ihr die Fingernägel.

Ich war auch Mitglied in einem Chor, eher einer kleinen Gesangsgruppe, die von einem Mädchen in meinem Alter geleitet wurde, das sich wie ich um eine alte Dame kümmerte. Beim Schulabschlussfest sangen wir in der Grundschule unseres Viertels das Konzert, das wir im Winter einstudiert hatten, und organisierten die Spiele auf dem Schulhof.

Während ich den Kindern half, Plastikfische zu angeln, lernte ich Jacques kennen. Jacques war etwas jünger als ich und gerade zum zweiten Mal bei der Aufnahmeprüfung an der renommierten *École Polytechnique* durchgefallen.

Obwohl ihn die Fachschule für Brücken- und Straßenbau angenommen hatte, erholte er sich nicht von seinem Versagen. Er traute sich nicht mehr, mit seinen Eltern zu sprechen, und versteckte sich bei einem »idiotischen Onkel, der mich nicht verurteilt«.

Mit meinen Schlitzaugen, dem blauen Baumwollkleid und dem Buchhalterdiplom muss ich ihm wohl Sicherheit gegeben haben. Er bat mich um meine Hand. Ich glaube, in dieser Zeit fehlte mir meine Mutter besonders stark, ich fühlte mich allein und als Emigrantin. Wenn ich einen Franzosen heiratete, würde ich Halt finden und meine eigenen Wurzeln wachsen lassen. Verlobt und voll neuem Selbstvertrauen, fühlte ich mich plötzlich jung und hatte Lust, mich zu amüsieren.

Meine Freundin Nicole hatte gerade ihre Prüfung als Fürsorgerin bestanden. Wir beschlossen, mit ihrer Freundin Christiane, die einen Citroên 2CV besaß, für einen Monat nach Schweden zu fahren. Nicoles älterer Bruder hatte uns so viel davon erzählt, und wir hatten so oft von diesem liberalen Land der Gleichberechtigung geträumt, von Nudisten, die jeden Sonnenstrahl ausnutzen, abends trinken, bis sie nicht mehr aus den Augen gucken können, und den Kaviar löffelweise essen, dass wir vom eisigen und herablassenden Empfang der Schweden sehr enttäuscht waren. Auch unsere kurzen Röcke und die aufreizenden BHs machten die Jungen nicht munterer.

Aber nach einer Weile mochte ich das säuerliche Licht des Himmels, diese eigenartige Verschachtelung von Erde und Meer, und ich empfand tiefe Dankbarkeit für die Landschaft, die mich der Luft entgegenhob. Eines Abends waren wir auf einer

Insel. Nicole und Christiane tranken Bier mit zwei Franzosen, die auf der Suche nach Schwedinnen waren. Sie lachten.
Ein junger, sehr großer, sehr starker, sehr blonder Mann mit von Meer und Whisky ausgewaschenen Augen setzte sich an meinen Tisch. Wir konnten uns nicht unterhalten. Er sprach kein Wort Französisch oder Englisch. Ich meinte zu verstehen, dass er Norweger sei. Wir liefen zusammen los, schauten auf das Meer und liebten uns sehr schnell und sehr heftig an der farbigen Holzwand eines hübschen Hauses. Mir war etwas übel und sehr warm. Er roch nach Holz und nach nassem Hund. Nicole und Christiane suchten mich. Ich zog meinen Rock gerade und fuhr mir durchs Haar. Er verschwand hinter der Hausecke, und ich kehrte zum 2CV zurück. »Du wirst deinen Jacques ja bald wiedersehen«, scherzten die Mädchen.
Als ich zurückkam, hatte Jacques sich erhängt. Er hatte sein Scheitern an der Eliteschule nicht überwunden. »Besser, dass es vor eurer Hochzeit passiert ist, als danach«, sagte meine Großmutter. Jacques Eltern luden mich oft zum Essen in ihre große Wohnung in der Rue de Grenelle ein. Sie waren traurig, aber sie machten mir keine Vor-

würfe, weil ich allein nach Schweden gefahren war. Sie versuchten ihren Sohn zu verstehen.
Dann stellte ich fest, dass ich schwanger war. Nicht von Jacques, sondern von dem Norweger. Ich betete lange zu Jacques, ich wollte seine Stimme hören, seinen Rat bekommen, wo immer er auch sein mochte. Keine Stimme antwortete mir. Ich ging in eine Kirche, zündete eine Kerze an und bat alle einstigen oder künftigen Geister um eine Erleuchtung. Nur die kleine, flackernde Flamme der Kerze erinnerte mich daran, dass ich allein war auf einem großen Weg. Ich fühlte, wie sich das Baby in mir bewegte, und ich bat meinen Bauch, dieses kleine Stück Leben und Tod solle mir sagen, was zu tun sei. Ich ging zur Ambulanz von Cochin, weil das Krankenhaus an meiner Metrolinie lag und weil es den Eindruck von Anonymität vermittelte. Trotzdem lief ich beim ersten Mal davon, als ich an der Reihe war. Beim zweiten Mal erzählte ich vor dem entnervten Gesicht eines aggressiven Arztes von Nackenschmerzen. Er verlangte Röntgenaufnahmen. Der Schwester sagte ich, ich wolle nicht geröntgt werden. Sie fragte in gleichgültigem Ton: »Warum, sind Sie schwanger?« Ich sagte ihr, ich wisse es nicht. Also nahm sie mir Blut ab. Da ich ihr weder meinen

Namen noch meine Adresse verraten wollte, rief sie eine Fürsorgerin, eine rothaarige Riesin mit breiten Hüften, Madame Bruyère. Diese verlangte, ich solle darüber nachdenken, was wir machen würden. Wir, so viel war bereits klar, das war sie. Da ich meinen Namen nicht nennen wollte, volljährig und im fünften Monat schwanger war, konnte ich nur ein schönes Baby austragen und dann beschließen, es zu behalten oder wegzugeben. Aber wem?

»Na, meine Kleine, wenn man es weggibt, macht man keine Zicken.« Sie verabredete einen Termin im Krankenhaus Saint-Vincent-de-Paul. Sie organisierte meine medizinische Betreuung. Dich, mein Baby, habe ich versteckt.

Vor meiner Großmutter, vor Jacques Eltern, vor meinen Freunden. Du warst mein Geheimnis. Und als wolltest Du Dich bemerkbar machen, war es offenbar Ehrensache, mir Fußtritte zu geben, sobald ich in Gesellschaft war. Mit mir allein warst Du ruhig, gleichgültig für meine Verzweiflung, wie abwesend. Aber ich musste nur der Bäckerin guten Tag sagen oder in der Metro mit jemandem sprechen, und rums!, hüpftest Du herum, als wolltest Du sagen: und ich und ich und ich …

Ich begann dicker zu werden. Bei einem Gedenkgottesdienst für Jacques bewegte sich das Baby ununterbrochen. Jacques' Mutter starrte auf meinen Bauch. Unsere Blicke trafen sich. Ich verließ die Église Saint-François-Xavier mitten in der Messe und ging ins Krankenhaus, wo ich um Aufnahme bat. In mir trug ich den Blick, den Jacques' Mutter mit solcher Heftigkeit auf meinen Bauch gerichtet hatte, dass alles andere nicht mehr existierte. Ich glaube, man hat mir Spritzen gegeben, Du bist geboren, und man hat mich gefragt, ob ich Dich behalten wolle. Ich habe gesagt, ich könne es nicht. Nur ein einziger Gedanke beherrschte mich: meiner Fast-Schwiegermutter zu zeigen, dass ich einen flachen Bauch hatte, dass alles nur ihre Einbildung gewesen war, dass Jacques und ich leider kein Kind hatten.

Ich habe alle Papiere mit einem Kreuz unterzeichnet, als fühlte ich mich schuldig, und nur gefragt, ob das Baby ein Junge sei oder ein Mädchen. Ein Mädchen, antwortete man mir, aber es ist ungewiss, ob es leben wird. Es gibt Probleme. Sind Sie einverstanden, seinen Körper der Wissenschaft zu überlassen, wenn es stirbt? Ich sagte ja. Dann haben sich die Türen der Kindheit, der Hoffnung, des Lebens für immer hinter mir geschlossen, dort, in der Avenue Denfert-Rochereau.

Meine Großmutter dachte, ich hätte einen Liebsten, Jacques' Eltern begegneten mir mit Distanz, sie fänden mich immer »vulgärer«, sagte mir ihre Putzfrau. Ich hatte meinen flachen Bauch gezeigt, und mir blieb nichts mehr zu sagen. Ich sah sie nicht wieder. Ich fühlte mich als Vietnamesin.
In den Geschäften und Restaurants der Rue Monsieur-le-Prince betrachtete ich die alten Frauen wie den Widerschein eines Teils von mir, den ich nicht kannte.
Kurz vor den Ferien fand ich durch einen Freund meines Vaters eine Buchhalterstelle in der Textilbranche. Abends in Bourg-la-Reine bereitete mir »maman« das Abendessen. Sie wunderte sich über meine Magerkeit und erzählte mir von ihren eigenen Kümmernissen, damit ich ihr mein Herz ausschüttete. Nichts berührte mich wirklich. Ich ging wie betäubt durch die Zeit, klammerte mich an den präzisen Rhythmus von Aufstehen, Metro, Arbeit, Kantine, Arbeit, Metro, Fernsehen, Abendessen und Bett.
Das ging ein Jahr so, dann schlug mir eine Kollegin vor, mit ihr nach Spanien zu fahren. In Bilbao lernte ich Daniel kennen, einen kleinen, dunkelhaarigen Mann aus Aix-en-Provence. Er hat lange um mich geworben. Ich erzählte ihm, dass ich ver-

lobt und schwanger gewesen sei und eine Fehlgeburt gehabt hätte.
Wir heirateten in der Kirche. Ich mochte seine Familie. Wir wohnten in der Rue du Faubourg-Saint-Antoine und bekamen einen Sohn, Patrick. Mit seinem dunklen Haar und den Schlitzaugen hält man ihn für einen Inder. Er ist sechzehn. Vor fünf Jahren hatten Daniel und Patrick einen Autounfall. Patrick, der den Sicherheitsgurt nicht angelegt hatte, wurde hinausgeschleudert. Er hinkt. Er lebt. Daniel ist tot.
Mit dem Geld der Versicherung habe ich die Wäscheboutique in Bourg-la-Reine gekauft. Für »maman« habe ich in der zweiten Etage eine Wohnung eingerichtet. Sie mag es, »Höhenluft zu atmen«, wie sie sagt. Dreimal am Tag kümmert sich eine Krankenschwester um sie.
Patrick hat sein Zimmer mit Dusche im Erdgeschoss, hinter der Boutique. Er macht dieses Jahr sein Abitur und will Arzt werden. Er ist verantwortungsvoll und verschlossen. Ich habe niemandem je von Dir erzählt. Ich habe es sogar vermieden, mit mir selbst darüber zu sprechen. Und nun kann ich kaum meine lang gehüteten Erinnerungen zähmen. Ich suche die Holzwand des kleinen schwedischen Hauses, an die ich mich presste wie

an die Erde, während der schwankende Himmel das Meer widerspiegelte und Du zu mir kamst. Ich suche die Reisfelder meiner Mutter, auf denen das stehende Wasser, wenn man sich darüber beugte, den Schnee des Himmels verbarg.
Welche Verbindung gibt es heute zwischen Dir und mir? Zwischen dem Himmel und dem salzigen, stillen Wasser? Zwischen der feinen Wäsche und meinen zarten Händen mit den lackierten Nägeln, die sie ausbreiten? Die Haut. Es fällt mir ein, während ich es schreibe: die Haut. Wenn ich diesen Brief abschicke und wenn Du ihn eines Tages erhältst, wirst Du, wird Deine Haut ihn berühren, und Du wirst an alle Membranen der Welt denken, die Wasser, Himmel, Licht und Schatten halten. Wie mag Deine Haut wohl sein? Zart und geschmeidig, uneben und großzügig oder glatt und fest? Bewahrt Deine Haut die inneren Dramen oder verflüchtigen sie sich durch ihre Poren? Ist sie sauer, bitter oder salzig? Vielleicht gibt es eine unsichtbare Haut, die jeden Menschen in eine Blase aus Himmel und Wasser einschließt, nur ein kleines bisschen größer als der Mutterleib, und die man das Schicksal nennt? Blasen kleben zusammen, andere trennen sich, verbrannte Haut wächst nach.

Die Haut Deines Vaters war nach meiner Erinnerung fein und sauer, meine ist eher glatt, aber ihren Geruch kenne ich nicht. Ich habe auch keine Erinnerung an den Geruch meiner Mutter. Vielleicht haben diese beiden Dinge etwas miteinander zu tun, ich weiß es nicht. Ich habe immer gelebt, ohne allzu viel zu überlegen, ich wurde gelebt.
Als ich Armelle an jenem Tag, nachdem Madame Komatzu gegangen war, von Dir erzählte, war ihr erster Reflex nicht, mich zu bedauern, mich zu verstehen und mich zu trösten, sondern mir zu erklären, ich sei ein Ungeheuer. »Selbst wenn mir meine Alten manchmal überhaupt nicht passen, sind sie doch trotzdem meine Alten«, sagte sie. »Und Sie haben Ihren Vater gekannt, Sie haben vielleicht noch Ihre Mutter in Vietnam, Sie können sie jedenfalls suchen. Aber ein Kind im Stich zu lassen, ohne ihm zu sagen, wer man ist, das ist ungerecht.«
»Aber wie soll ich überhaupt herausbekommen, ob sie lebt?«, habe ich gefragt.
»Wenn Sie es wissen wollen, ist es einfach.«
»Ich habe Angst.«
»Wollen Sie, dass ich sie für Sie suche?«
Ich war fassungslos, völlig überrascht, und sagte ja. Ich weiß nicht genau, wie Armelle es angestellt

hat. Wahrscheinlich hat ihr Vater ihr geholfen, der Standesbeamter ist. Eines Morgens kam sie in den Laden und gab mir einen Zettel: »Das ist ihr Name, sie ist sehr lebendig, sehr groß, blond, mit dunkelblauen Schlitzaugen. Sie wurde adoptiert.«
Seitdem fühle ich mich wie vor zwanzig Jahren, als ich Dich ganz tief in mir versteckte. Ich lauere auf die Blicke von »maman«, von Patrick, den Kunden. Habe ich mich verändert, ahnen sie irgendwas? Was erzählt Armelles Familie über mich, und alle, die ihr geholfen haben, Dich zu finden? Armelle selbst erwartet von mir, dass ich etwas unternehme. Werde ich mich diesmal nicht vom Blick der anderen zerstören lassen?
Ich bin nicht sehr mutig, wie Du siehst. Aber wenn ich diesen Brief abschicke und wenn Du es kannst, erzähl mir, wer Du bist. Sei mir nicht böse.

Anne Vallio

COLETTE BOUVIER AN ANNE VALLIO

Paris,
29. September 1997

Sehr geehrte Frau Vallio,

vor mehr als einem Jahr zeigte mir Stéphanie, meine Tochter, Ihre Tochter, Ihren Brief und ließ ihn bei mir.
Sie wollte für ein, zwei Monate zu einer Cousine nach Amerika fahren. Dann fand sie Arbeit in Portland, nördlich von Boston, und so ist sie dort geblieben. Vor kurzem habe ich sie gefragt, ob sie Ihnen geantwortet hat. Sie hat es verneint, und deshalb erlaube ich mir heute, es zu tun.
Nach dem Mut, den Sie aufgebracht haben, um diesen Brief zu schreiben, muss es für Sie grausam und beängstigend gewesen sein, länger als ein Jahr keine Antwort zu bekommen. Sie sollen aber wissen, dass Ihr Brief Stéphanie nach Erstaunen und Entsetzen tiefen Frieden geschenkt hat: den Frie-

den zu wissen, woher sie kommt, aus welchem Land, aus welcher Liebesgeschichte. Erst nachdem sie Ihren Brief erhalten hatte, konnte sie anfangen, ihr Schicksal in die eigenen Hände zu nehmen, und dafür danke ich Ihnen. Wenn ich den Psychologen glaube, sollte ich Ihnen nicht danken, ich tue es immer zu oft und zu schnell, auch an Stéphanies Stelle. Es kann auch sein, dass ich Ihnen diesen Brief gar nicht schicke, sondern ihn nur für mich selbst schreibe, um in den Erinnerungen einen Sinn für mein eigenes Leben zu suchen.
Als ich das winzig kleine Baby zum ersten Mal sah, erfasste ich in einer Sekunde die Unendlichkeit, die wir, sie und ich, würden durchqueren müssen, um uns zu finden. Aber ich war jung, bereit und voller Liebe. Ich nahm sie sehr sanft und sehr respektvoll in meine Arme. Die Krankenschwester erlaubte mir, ihr die Flasche zu geben. Das kleine Mädchen sah mich erstaunt und beruhigt an. Es trank. Es war meine Tochter, für alle Zeiten. Sie weinte, als sie den Bart ihres Vaters sah. Er war ungeschickt, gerührt und ebenfalls für das ganze Leben erobert.
Zu Hause brüllte Stéphanie, sobald ich sie zwei Minuten allein ließ. Sie ertrug es nicht, wenn ich las oder telefonierte. Ihr Vater nannte sie Puschkin.

Um mich nicht auffressen zu lassen, nahm ich meine Tätigkeit als Zahnärztin wieder auf. Das ist ein Beruf, der Aufmerksamkeit und Präzision erfordert, bei dem die Gedanken nicht abschweifen dürfen. Ich schöpfte wieder Atem. Wenn ich nach Hause kam, badete ich mit Stéphanie in der Wanne, wir spritzten mit Schaum und spielten mit Schiffen, Fischen und anderen Spielsachen. Wir zähmten einander.

Eine Freundin, sie war Journalistin, hatte auch ein kleines Mädchen adoptiert. Da sie weder ihre Arbeit aufgeben noch ihre Tochter allein lassen wollte, beschloss sie, die Kleine in einem Tragegestell auf dem Rücken überallhin mitzunehmen. Das ging lange so, aber als sie wieder einmal Rückenschmerzen hatte, sagte sie ihrer Tochter, sie müsse nun zu Hause bleiben, mit einem Kindermädchen, das sich um sie kümmern werde.

Dann wurde ihr bewusst, dass sie ihr Kind neun Monate lang Tag für Tag adoptiert hatte. Ich habe die Monate unserer gemeinsamen Bäder nicht gezählt, aber ich habe mich später gefragt, ob nicht eben diese körperliche Verbindung, diese Nabelschnur, die wir mit so viel Mühe geschaffen hatten, den notwendigen Bruch in der Adoleszenz noch schmerzhafter machte.

Es liegt etwas sehr Starkes in der Liebe, die man aus solcher Ferne erschafft, in dem Band, das dem der Ehe verwandt ist (in der Zeit, da die Ehe heilig war), in jenem lebenslangen Pakt, wenn keine Blutsbande vorhanden sind.
Stéphanie war ganz anders als wir.
Sie war groß und ungeschickt, zerschlug alles auf ihrem Weg, war gewalttätig, jähzornig, dickköpfig und verschlossen; sie mochte weder Zeichnungen noch Lieder, Geschichten oder Freunde. Sie wollte Geschenke, Reis und Fisch und auf den Schultern ihres Vaters reiten. Gemeinsam mit ihren Lehrerinnen, mit Freunden, Großeltern, unseren Schwestern und Schwägerinnen lehrten wir sie allmählich zu lächeln, ihre Energie zu kanalisieren, wenigstens für ein paar Minuten einer Geschichte zuzuhören.
Sie fiel weiterhin durch ihr schlechtes Benehmen auf, weigerte sich systematisch, ihre Sachen aufzuräumen, sah die Schule als ständigen Pausenhof an und vergaß immer wieder, was wir ihr in Hunderten von Stunden beizubringen suchten.
Mit neun Jahren war sie groß und stark. Ich gewöhnte mich an den Gedanken, eher einen Schwan ausgebrütet zu haben als eine Ente meiner Art. Sie fühlte sich weder als Schwan noch als

Ente. Sie hatte nur noch ihr Anderssein als Identität. Sie wies mich gewaltsam zurück, mit körperlicher Gewalt, mit verbaler Gewalt. Ich rechnete nicht damit, die Schläge trafen mich mit voller Wucht, und ich glich bald einem waidwunden Tier. Während meiner ganzen Jugend hatte ich mich darauf vorbereitet, ein schönes Kind zur Welt zu bringen. Ich trank keinen Alkohol, betrachtete die Schönheiten der Welt, rauchte fast nie, entwickelte mich körperlich und moralisch in der Überzeugung, eines Tages meine körperlichen und moralischen Errungenschaften durch Vererbung an meine Kinder weitergeben zu können. Niemals hatte ich an ihre Erziehung gedacht: Erziehen war eine andere Rolle, eine andere Berufung. Ich mochte keine Lehrer, Menschen mit Gewissheiten erfüllten mich mit Panik.

Als wir feststellten, dass wir keine Kinder bekommen konnten, und beschlossen, eins zu adoptieren, geschah es mit dem Gefühl, dass wir dieses Kind lieben und wie unser eigenes behandeln würden. Ich wäre meinem eigenen Kind sicher keine bessere Erzieherin gewesen, aber wenn mir Stéphanie alle naselang sagte: »Und überhaupt, du bist nicht meine Mutter«, hatte ich weder die Distanz und das dicke Fell einer Erzieherin noch die

Sicherheit einer echten Mutter, die sich ihres stolzen, lebendigen Bauches erinnert. Ich ließ mich verletzen.
Als Stéphanie klein war, wollte sie mich nicht lieben, aus Angst, Sie zu verraten, ihre echte Mutter, die eines Tages kommen würde, um sie zu holen. Einem Psychoanalytiker hatte sie erzählt, sie sei ein kleiner Hund, der von Arm zu Arm geht, aber eines Tages werde ihre Mutter sie auf der Fußmatte vor ihrem Haus erwarten. Als sie älter wurde, bestand Stéphanies sicherste Methode, mich zu eliminieren, darin, meinen Platz bei ihrem Vater einzunehmen. Wie alle Mädchen ihres Alters, aber mit slawischem Charme, wieder einmal auf der Suche nach ihren Grenzen. Der Vater war bezaubert. Anstatt glücklich zu sein und darum zu kämpfen, meinen Platz und meine Liebe zu bewahren, ließ ich mich zerstören. Ich werde Ihnen nicht von all meinen endlosen und ungeschickten Bemühungen erzählen und von den Lichtblicken während der Ferien im Haus meiner Eltern am Meer, wo ich selbst als Kind viele Wochen verbracht hatte und wo Stéphanie und ich die Vertrautheit des Wassers wiederfanden, oder von den Internaten, die uns Atem holen ließen, Stéphanie jedoch auf andere Abwege führ-

ten: immer schlechteren Umgang, die gänzliche Ablehnung der Schule, unseres Geschmacks, unserer Kultur, unserer Freunde.
Wir schickten sie für sechs Monate zum Lernen in die Sowjetunion. Sie lebte in einer befreundeten Familie, und wir hofften, sie werde in diesem Land einen Lebensrhythmus, eine Weite und eine Kargheit finden, die es ihr erlauben könnten, ihr eigenes Weltbild, ihre eigene Persönlichkeit zu formen. Sie kehrte völlig desorientiert, aus der Bahn geworfen und alkoholabhängig zurück.
Anstatt den Schmerz mit ihrem Vater, meinem Mann, meinem Liebsten, zu teilen, verdoppelten wir unseren Kummer. Wir überlebten, isoliert, allein auf einem fremden Planeten, dessen Boden wir nicht bestellen konnten, auf dem wir Rosen nicht von Brombeersträuchern zu unterscheiden wussten.
Ich habe es Ihnen übel genommen, Madame, dieses Kind so wenig gewollt zu haben, dass es ständig versuchte, sich zurückweisen zu lassen. Ich habe es Ihnen übel genommen, wie ich es den Richtern, Polizisten, Lehrern und meiner Familie übel nahm, dass sie mich nicht hörten, als ich um Hilfe schrie und mein Kopf schon unter Wasser war. Als ich einfach nur mal eine Nacht schlafen wollte.

Am Ende meiner Kräfte und ohne Hoffnung, fragte ich mich eines Tages, was mein Anteil Verantwortung an dieser Teufelsspirale war, ob das, was ich meiner Tochter vorwarf, nicht eigentlich lächerlich war, ob ich sie nicht zum Sündenbock für meine Schwierigkeiten machte.
In meinem Zweifel und meiner Einsamkeit beschloss ich schließlich zu verschwinden. Ich bereitete mich sehr sorgfältig darauf vor, organisierte jede Einzelheit, damit es wie ein Unfall aussehen und niemand sich schuldig fühlen würde. Unbekannte kämpften darum, dass es anders kam.
Während eines langen Krankenhausaufenthaltes konnte ich mich erholen, schlafen, Abstand gewinnen, die Kraft finden, meine Leber nicht länger von meinem kleinen Pelikan aufessen zu lassen. Freunde und Liebhaber lösten sich ab in Stéphanies Sucht nach Liebe und Autorität, ihrer Unersättlichkeit nach Besitz, ihrer kulturellen Anorexie. An einem Tag voller Zärtlichkeit habe ich sie gefragt, warum sie das Lesen, das Schreiben, die Schule so sehr ablehnt, sie antwortete mir, sie habe Angst, dass ihr Kopf schneller geht als ihr Herz.
Also lasse ich ihr ihren Rhythmus und versuche weiter, sie zu verstehen. Vielleicht ist das die große

Herausforderung bei einer Adoption, diese kulturelle Verwebung aus tiefem Verständnis und der Überwindung großer Unterschiede zwischen Vater und Sohn, zwischen Mutter und Tochter. Ich weiß nicht, wie ich mich mit einem Sohn gefühlt hätte; sicher weniger als Rivalin und zufriedener mit meiner Rolle als bloße Brüterin. Dann hätte ich den Hahnenkampf zwischen meinem alten Männchen und meinem Jungen zugeschaut. Doch wäre ich darauf besser vorbereitet gewesen?
Heute bin ich Zahnärztin in einer Städtischen Klinik. Ich kümmere mich vor allem um Obdachlose. Ihre Zähne sind schmutzig und abgenutzt, ihre Blicke sehen nicht weit, und sie verbergen ihre tiefe Faulheit unter falscher Weisheit. Woher kommt diese Faulheit? Sie haben keine Ähnlichkeit mit Stéphanie, die sich weigert, Opfer zu sein, selbst auf die Gefahr hin, alles zu zerstören. Sie hat es nie ertragen, dass ich mich um die Obdachlosen kümmere. Bis zu ihrer Abreise nach Amerika, eigentlich bis zu Ihrem Brief, kam sie regelmäßig in die Klinik, um alles zu zerschlagen. Pfleger und Ärzte sagten nichts mehr, sie waren daran gewöhnt und dachten insgeheim, dass ich besser daran täte, ihr ein für alle Mal eine ordentliche Ohrfeige zu verpassen. Es gibt ein Räder-

werk von Gewalt, in das ich nicht hineingezogen werden wollte, aber vielleicht hat Stéphanie mein Schweigen als viel tiefere Gewalt wahrgenommen, ich weiß es nicht. Auch mein Mann hat sich zurückgezogen. Er reist ständig umher und kommt erschöpft nach Hause. Wir haben schon lange aufgehört zu reden, zu lachen, zu tanzen. Die einzige Freude in meinem Leben ist das Lächeln eines Mannes oder einer Frau, wenn ich sie von Schmerz befreit oder ihnen einen neuen Zahn verpasst habe und sie mir danke sagen. Die jungen Menschen, die sich auf der Straße ihrem Schicksal überlassen, haben im Grunde noch nicht aufgehört, an den Weihnachtsmann zu glauben. Sie hoffen auf Gott, Allah oder einen guten Stern, damit er sie ein Stück begleitet bei ihrem Verzicht auf eine Welt, deren Codes zu kompliziert sind und für die der Einsatz unerschwinglich scheint. Ich habe festgestellt, dass ich mit einem Lächeln, einem neuen Zahn oder einem Verband das bisschen Mut schenken kann, das für den Gang zum Rathaus, zu einem Verein, zu einer Entzugsklinik nötig ist.
Eines Tages setzte ich einem Clochard, den ich in der Metrostation Saint-Paul getroffen hatte, eine Brücke ein. Eine Woche später schickte er mir ei-

nen Strauß Rosen. Er wohnte Boulevard Henri-IV und hatte durch mich, so erklärte er, den Mut gefunden, zu seiner Frau zurückzukehren. Was mir mehrmals am Tag im Rahmen meiner Arbeit gelingt, habe ich bei meiner Tochter nicht vermocht. »Man kann nicht gleichzeitig gefallen wollen und lieben«, heißt es bei Sartre. Es kann sein, dass Stéphanie und ich unsere Kräfte damit verausgabt haben, dem anderen zu gefallen, aus Angst, ihn zu verlieren.

Aber die Zeit ist über die großen Verletzungen hinweggegangen, und wir sind beide noch am Leben. Wir haben alles getan, um die künstliche Nabelschnur, die wir einst geschaffen hatten, mit Äxten, Gartenscheren, Zangen und Laserstrahlen zu zertrennen. Unsere Körper tragen unauslöschliche Male, aber allmählich bilden sie sich neu. Ich habe den Mut, Ihnen zu schreiben, weil Stéphanie noch eine Etappe bevorsteht. Erst wenn sie Sie gesehen hat, wenn sie die Bewegungen, den Geruch, die Gesichtszüge wiedererkennt, auf die sie seit ihrer Geburt wartet, wird sie leichter akzeptieren, dass sie von Adoptiveltern geliebt und umsorgt wurde, die sehr anders sind als sie. Beruhigt und im Leben verwurzelt, wird sie dann die Möglichkeit haben, selbst Mutter zu werden.

Ich schicke Ihnen Stéphanies Adresse in Portland. Ich hoffe, dass sie über Weihnachten nach Frankreich kommt.
Mit freundlichen Grüßen,

Colette Bouvier

STÉPHANIE BOUVIER AN COLETTE BOUVIER

Portland, USA,
17. Oktober 1997

Sag mal, Mama, was fällt Dir eigentlich ein? Du rufst mich hier einfach an, als ob nichts wäre, und erzählst mir, dass Du meiner biologischen Mutter geschrieben hast! Bist Du bescheuert, oder merkst Du nichts mehr oder was? Du bist ein Monster. Nicht nur, dass Du nicht meine Mutter bist, jetzt mischst Du Dich auch noch ein und erzählst der Frau, die mich am Tag meiner Geburt im Stich gelassen hat, hinter meinem Rücken was weiß ich was. Ich bin so sauer, dass ich sofort irgendwen umbringen könnte, Dich als Erste, wenn Du da wärst. Da bin ich extra ans Ende der Welt gefahren, in ein ätzendes Nest, mach einen schwachsinnigen Job, wo ich jeden Tag irgendwelchen Scheißtouristen Flaschenschiffe, Seifen mit Granny-Smith-Geruch und Steine andrehe, auf denen hirnlose Sprüche stehen, und dann kommst Du ganz scheinheilig angetanzt, hallo, mein Liebling, ich habe Deiner biologischen Mutter geschrieben, wir konnten sie wirklich nicht länger warten lassen, wo sie doch so mutig war, sich bei Dir zu melden! Du vergisst wohl, dass sie zwanzig Jahre gebraucht hat, um sich bei mir zu melden ... Glaubst Du vielleicht, die zwanzig Jahre lassen sich einfach so aufholen? Vielleicht an einem einzigen Tag? Oh nein, diese zwanzig Jahre lassen sich nie aufholen. Du hast inzwischen die Mama gespielt. Und ich? Hast Du vielleicht auch mal an mich gedacht? Meinst Du vielleicht, es ist angenehm, eine Puppe zu sein, mit der man zwanzig Jahre einen auf Mama macht? Hast Du in den zwanzig Jahren einmal an mich gedacht? Und wenn Du es so wichtig findest, meiner biologischen Mutter zu schreiben, warum hast Du es dann nicht früher gemacht? Du hättest doch auch Nachforschungen anstellen können und ihr hinter meinem Rücken erzählen, dass ich einen Milchzahn verloren habe und dann meine Unschuld und dass ich in der Schule Sechsen gesammelt habe. Du hast es doch deswegen nicht gemacht, weil Dir diese Mutter nicht so wichtig war. Was soll das dann auf einmal, von wegen ein Jahr? Immerhin bin ich auch schon ein Jahr weg, und da habe ich gerade mal ein paar Briefe, ein paar Nummern von *Elle* per Schneckenpost und ab und zu einen Anruf gekriegt. Weißt Du was, Du hast immer ein gutes Gewissen, und Dein Gewissen beschützt Dich, aber vor allem macht es Dich blind. Es macht Dich BLIND, Dein Gewissen, jedenfalls denkst Du an alle anderen vor mir: an Papa, an die Penner und jetzt an diesen armen Schatz, dem man nicht sofort geantwortet hat. Schlag ihr doch vor, ihr alle Zähne neu zu machen, das dauert länger als ein Jahr, da habt ihr genug Zeit!

19. Oktober

Vorgestern habe ich mittendrin aufgehört. Ich war so wütend auf Dich, dass ich die ganze Wohnung kurz und klein geschlagen habe.
Scheiben, Türen, Balkonfenster.
Ich habe mich gefühlt wie an dem Tag, als ich Dir mit Papas Dolch die Kehle durchschneiden wollte. John hatte mich noch nie in dem Zustand erlebt, er konnte es gar nicht fassen. Er hat mich mit Gewalt in die nächste Bucht geschleppt und mit Klamotten ins Wasser geworfen. Es war eisig. Mit den

schweren Jeans, die an den Beinen klebten, konnte ich nicht schwimmen. Aber es hat mich beruhigt. Abends haben wir uns mit Mais und Clam Chowder voll gefressen, in so einem kleinen Restaurant, wie ihr sie so toll findet, Papa und Du.

Der Sonnenuntergang war so fantastisch wie in Cap Ferret, die Sonne spiegelte sich in den Scheiben wie eine Blutorange, die in Zeitlupe ins Meer fällt und sich langsam auflöst und dabei eine Spur von Violett und Wehmut hinterlässt. Siehst du, immerhin gebe ich zu, dass ich eines immer mit Dir geteilt habe, das Wasser.

Ich erinnere mich noch an die Schaumbäder in Deinen Armen, bei denen Du gesungen hast, an die Abende, wo die Cousins bei uns geschlafen haben, und an das Tauchen mit Papa, wenn wir Taschenkrebse, Garnelen oder Seeigel gefangen haben, während Du im Boot gewartet und in die Ferne gestarrt hast.

Nach meinem Wutausbruch und dem erzwungenen Bad haben John und ich die ganze Nacht geredet. Im Unterschied zu meinem Psychologen will er nicht, dass ich ganz allein rauskriege, woher meine Probleme kommen. Er stellt mir Fragen, lässt mich von meiner Kindheit erzählen und gibt ständig Kommentare ab, die mich nerven, aber ich

sage nichts. Auf jeden Fall hilft er mir. Er hat mir ein Heft und einen Stift geschenkt und lässt mich nicht ins Bett, ehe ich nicht wenigstens zwei Zeilen geschrieben habe, *a nice sentence,* wie er sagt, und *sentence* übersetze ich immer mit Urteil und denke dabei an Todesstrafe. Trotzdem habe ich angefangen, in meinem Heft alles zu erzählen, was mir zwischen meinem ersten und meinem letzten Joint passiert ist. Aber ich weiß ja, dass meine Dummheiten und meine Angst viel früher angefangen haben. Weißt Du noch, wie ich splitternackt im vierten Stock Schweinebaumel gemacht habe, um zu sehen, ob das die Taubstummen von gegenüber zum Schreien bringt?
Du hast mich ganz leise und sanft gerufen und mir Bonbons versprochen, und als ich wieder ins Zimmer kam, um mir die Bonbons zu holen, wumm! hat die Ohrfeige geklatscht! Jetzt kann ich darüber nur lachen, aber damals war ich sauer auf Dich, stinksauer! Und ich habe Dir Ohrringe geklaut, die ich meinem Sportlehrer verkauft habe. Mit dem Geld haben meine Freundinnen und ich uns bei Madame Bonbon mit *Mars* voll gestopft. Erinnerst Du Dich an den Tag, als Valentine und ich bei Onkel Vincent in der Normandie beschlossen hatten, heimlich in einen riesigen Heu-

schober zu klettern? Wir hatten uns vom Bauernhof ein Seil und Messer mitgenommen, die uns als Pflöcke dienen sollten, wie wir es in Bergsteigerfilmen gesehen hatten. Wir sind ganz tief in einen Schacht mitten im Heu runtergestiegen und haben uns gegenseitig total Angst gemacht. Dann habe ich Valentine geholfen, wieder rauszuklettern, aber dabei hat sie den Eingang zu unserer Höhle verschüttet und ich habe nicht mehr raus gefunden. Sie hat Panik gekriegt und ist losgerannt, um Euch zu holen.
Ich erinnere mich noch an Deine Ruhe, an die sanfte Stimme, mit der Du mich gelenkt hast, und diesmal warst Du so erleichtert, mich wiederzuhaben, dass Du vergessen hast, mich anzuschreien.
Erinnerst Du Dich an meine Unfälle auf dem Schulhof? Ich weiß nicht, warum ich mir ständig wehgetan habe. Ich bin auf den Kopf, den Arm oder Ellbogen gefallen und habe mir jedes Mal was gebrochen. Dann hat Dich die Direktorin angerufen, und fünf Minuten später warst Du da und bist dem Krankenwagen bis in die Klinik hinterhergefahren, wo meine Akte immer dicker wurde und keine Zeit hatte, zwischendurch ins Archiv zu wandern.
Ich glaube nicht, dass ich mir wehgetan habe, da-

mit Du kommst und Dich um mich kümmerst. Ich bin auch so immer in der Schule aufgefallen, war die größte Draufgängerin und die schlechteste Schülerin, die Erste, die den Unterricht geschwänzt, die Lehrer angemacht, Münzen aus dem Opferstock in der Kirche geklaut, Wände besprüht, Joints geraucht und Whisky getrunken hat. Und war der Mittelpunkt von einer Mädchenclique, die mich bewunderte und die ich in eine erfundene Welt hineinzog, wo ich das Sagen hatte.
Ich war sauer, dass Du nicht verstehen wolltest, wie schwer es ist, anders zu sein, blond und mit Schlitzaugen, mit zehn Jahren einen Meter fünfundsiebzig groß zu sein und alles kaputtzumachen in Deiner Porzellanwelt, in der Du nicht die geringste Unordnung dulden wolltest, nicht den kleinsten Fussel auf der Auslegeware.
Die Einzige, die mich verstanden hat, war Mamie. Sie war streng, aber sie brachte mich mit ihrem italienischen Akzent zum Lachen und mit ihrer Art zu reden, ohne Punkt und Komma (noch mehr als Papa), sich über jedes Wehwehchen aufzuregen, beim Monopoly zu schummeln und zu behaupten, dass sie keine Ahnung davon hat, weil sie Sozialistin ist. Ich liebte ihre Spaghetti mit

Tunfisch und die gebratenen Obstspieße, und wenn sie mir gesagt hat, dass ich sie müde mache und dass ich woanders spielen soll, dann war das für mich keine Zurückweisung, sondern eine natürliche Reaktion. Du warst nicht meine richtige Mutter, aber sie war meine echte Großmutter. Als sie krank wurde, war ich böse, weil Du Dich um sie gekümmert hast. Mamie gehörte nur Papa und mir, Dir nicht.
Heute bin ich vielleicht ganz froh, dass Ihr Euch verstanden habt. Und außerdem, im Grunde ist es mir scheißegal. Es nervt meinen Psycho, wenn ich sage, etwas ist mir scheißegal, aber wenn es doch stimmt! Und außerdem schicke ich den Brief vielleicht gar nicht ab. Er ist voller Fehler, und das regt Dich dann wieder auf.
Weißt Du, manchmal frage ich mich, warum Ihr mich eigentlich adoptiert habt.
Ich habe es Dir nie erzählt, aber mit zwölf bin ich mal auf ein Haus gestiegen, das gerade in der Nähe der Gare Montparnasse gebaut wurde, und wollte mich auf die Straße stürzen. Ich habe lange gewartet und konnte nicht, keine Ahnung, warum. Wenn ich schon mal beim Beichten bin, werde ich Dir von meinem größten Liebesbeweis für Dich erzählen.

Es war in Taschkent. Ich wurde so allmählich in dem Land heimisch und habe allen erzählt, dass ich halb Russin und halb Chinesin bin und dass mein Vater Diplomat in Frankreich ist, wo ich geboren bin. Als Du mich besucht hast, habe ich mich getraut, meinen Freunden zu sagen, dass Du meine Mutter bist.
Sehr russisch warst Du nicht, und als Chinesin konntest Du erst recht nicht durchgehen, und indem ich erzählte, dass Du meine Mutter bist, habe ich auf Papas Besuch verzichtet, denn er musste ja dann zwangsläufig der Chinese sein. Und Mamuschka, meine russische Mutter, hat so ein Tamtam um Dich gemacht, dass alle ihre Freunde Dich liebten und Du allen die Zähne behandelt hast …
Auch sonst habe ich mich dort wohl gefühlt, in dem weiträumigen Land mit Platz, sich zu bewegen, und Wodka bis zum Abwinken. Dank dem Geld, das Du meiner »Familie« für meine Betreuung gegeben hast. Ich habe nichts anderes gemacht als trinken und tanzen und mit Mamuschka schwatzen.
Nach drei Tagen habe ich aufgehört, zu den Kursen zu gehen, für die ihr mich angemeldet hattet. Ich bin auf den Knien meiner russischen Mutter eingeschlafen. Ihre Wärme und ihre Langsamkeit haben mich getröstet. Mamuschka hat mich sogar

dazu gebracht abzuwaschen, Brot zu holen und Hühner zu rupfen.
Ich habe mächtig zugenommen, aber ich hatte auch zum ersten Mal das Gefühl, wirklich zu existieren, ich musste mich nicht mit Euch vergleichen, Euch ähnlich sein, um akzeptiert zu werden. Ich fühlte mich russisch, mongolisch, und fand dort meine tiefen Wurzeln.
Trotzdem war ich froh, Dich und Papa und die Cousins auf dem Flugplatz in Roissy wiederzusehen, meine Stiefel auszuziehen, bevor ich auf Deiner Auslegware trete, und Deine Abmagerungsdiät zu machen.
Ich kann einfach nichts machen gegen das Bedürfnis, Dir ähnlich zu sein.
John meint, es wird Zeit, dass ich aufhöre, mich mit Dir zu vergleichen. Ich soll meine Nabelschnur durchschneiden. Aber er kann nicht verstehen, dass mich ohne diese Schnur gar nichts mehr mit dem Leben verbindet.
Auch wenn ich jetzt ruhig wirke, wenn ich mich abrege, während ich Dir schreibe (Du musst zugeben, dass ich Dir noch nie so viele wichtige Sachen auf einen Schlag erzählt habe), macht es mich, je länger ich schreibe, immer wütender, dass Du dieser Frau geantwortet hast, die mich ge-

schaffen hat, wie Du es nennst. Ich fange gerade an, mir mein Leben einzurichten, und das geht nur auf der Grundlage meiner Kindheit mit Papa und Dir. Wenn Du jetzt also anfängst, Dich in meine Geschichte vor Euch einzumischen, dann sollst Du mal sehen, wie es ist, wenn ich Dich wirklich zurückweise, wie es ist, wenn Du alle meine Anstrengungen, Dich zu akzeptieren, in den Wind schlägst, Dich, Dein Parfum, Deine überfreundliche Art, Deine Patienten, Deinen Bohrer, Deine damenhaften Klamotten, Deine Freunde, die Dir den Hof machen, während Du Papa vernachlässigst.
Ja, ja, ich merke schon, Du bist natürlich eingeschnappt, wenn Du den Brief liest, fühlst Dich schuldig und heulst, und dann fühle ich mich wieder so mies, dass mein Psycho mir sagen wird, genauso wie John, lass sie los, aber wenn ich das mache, lande ich in einer Spirale des Verlassenseins.
Das Wort Spirale hast Du mir beigebracht. Es ist in meinem Kopf mit dem Namen Chris Marker verbunden. Keine Ahnung, wer das ist. Solche Leute interessieren mich nicht. Bei denen fühle ich mich immer minderwertig. Außerdem berührt mich das Wort SPIRALE, es macht mir Angst, ich

weiß nicht, warum. Ich werde in meinem Heft darüber nachdenken.
Als Papa in Boston war, haben wir uns gut amüsiert. Er hat mir kleine Restaurants gezeigt, einen Mantel und eine Kette geschenkt, von denen ich seit drei Monaten geträumt hatte. Er hat mich gebeten, Dir nicht davon zu erzählen, weil er Angst hatte, Du wirst eifersüchtig. Aber ich weiß genau, dass Du nur Deine Arbeit mit den Prothesen und den Pennern liebst.
Ich bekomme vielleicht eine kleine Katze. Erinnerst Du Dich an Mistigri, die bei jeder Autofahrt neben Deinen Füßen schlief, und an Rusty, der Angst vor Krabben hatte? Wenn die Flut kam, lief er so schräg wie ein Krebs, machte immer große Sätze zur Seite, schlief unter meinem Kopf und leckte mir die Tränen ab, wenn ich geweint hatte. Und an die Katze von Rosine, die sich unter dem Bett versteckte, damit sie nicht draußen schlafen musste? … Mein Problem ist, dass ich nicht weiß, ob ich die Geduld aufbringe, ihr jeden Tag zu essen zu geben und das Klo sauber zu machen. Und wenn nicht, dann möchte ich sie nicht aussetzen müssen. Wenn Du hier wohnen würdest, könnte ich sie bei Dir abgeben, aber Du wohnst nicht hier, und genau das habe ich ja gewollt.

Hier kann ich atmen. Ich kann Krach in der Wohnung machen, in Holzlatschen rumlaufen und die Musik voll aufdrehen; die Studenten unter uns machen es genauso. Wir teilen uns eine Dusche auf halber Treppe. Sie machen sie sauber, weil ich ja morgens arbeiten muss.
Wenn ich um vier nach Hause komme, bin ich erledigt und mir tun die Beine weh. Dann schmeiß ich mich vor den Fernseher, zieh mir die blödeste Serie rein und sage mir, dass es gut für mein Englisch ist und um die Psychologie der Leute in diesem Land zu verstehen. Ich weiß nicht, wie lange ich hier bleibe.
Als ich klein war, hast Du mich Bilder für Jennifer, die Cousine aus Amerika, malen lassen. Wir haben sie in leere Flaschen gesteckt, die wir gut verschlossen an der Plage du Grand Crohot dem Meer übergeben haben. Jennifer hat unsere Flaschenpost nie bekommen, aber ich frage mich manchmal, ob ich nicht auch so was bin, eine Flaschenpost, die von Seemannshand zu Seemannshand geht, und ich warte darauf, dass irgendwann ein Seemann die Flasche und die Nachricht darin für immer behält, weil es sein Schicksal sein wird und meins.
John hat mir jedenfalls nicht gesagt, dass er das

Ende meiner Reise ist und dass er mich für immer lieben wird. Er sagt eigentlich gar nichts. Das Gegenteil von Papa. Papa bringt mich zum Lachen, weil er so viel redet und gestikuliert und so ein Hitzkopf ist, erst beschimpft er einen in allen Tonlagen, wenn er die Krawatte nicht findet, die zu seinen Strümpfen passt, und dann tanzt er ohne Krawatte mit mir, um jung und lässig zu wirken. Er ist »zu sehr« Papa, ich bete ihn an und weiß nicht, wie Du ihn so lange ertragen konntest. Jetzt, wo ihr bald fünfzig werdet, habe ich keine Angst mehr, dass ihr euch scheiden lasst. Ich glaube, vorher hätte ich es nicht ausgehalten.
Manchmal denke ich an Euren Tod. Ich raste aus, heule, spiele mir ein Riesentheater vor. Dann tröste ich mich, indem ich mir vorstelle, was ich aus Eurer Wohnung mache, wenn ich sie geerbt habe, wie ich alle Zwischenwände rausreiße, um sie in ein großes Atelier zu verwandeln, aber ich werde sie bestimmt verkaufen, damit ich Deine Dekoration nicht zerstören muss.
Na ja, im Moment bin ich sowieso froh, dass Ihr lebt. Ich bitte Dich nur darum, Dich nicht um mein Leben zu kümmern.
Auf dieser Seite des Atlantiks versuche ich zu verstehen, was ich wirklich bin und ob Maine und

Vermont mich so sehr berühren, weil sie mich an die Ferien in Cap Ferret erinnern oder weil ich in meinen Adern jahrhundertealte Gene von norwegischen Urgroßvätern habe, die das Meer erforschten, oder Jahrhunderte vietnamesischer Großmütter, die im Hafen von Haiphong die Schiffe ihrer Männer in See stechen sahen.
Ich versuche herauszubekommen, wo meine Unterwerfung unter Eure Weltsicht eine Grenze finden und wo meine Revolte beginnen muss. Dafür habe ich einen Ozean zwischen uns gelegt, aber dieser Ozean bringt uns einander näher, wie Du siehst, er ist derselbe Atlantik auf Deiner Seite und auf meiner. Deine Dünen ähneln den Dünen hier, und die Wellen spülen jeden Tag mit der Flut meine Kindheit hier an.
Mit der nächsten Ebbe schicke ich Dir tausend funkelnde Küsse auf den Schaumkronen.
Wenn ich in mir selbst etwas größer geworden bin und wenn ich meine biologische Mutter getroffen habe, ja doch, Mama, ich schaff das schon, dann habe ich bestimmt *noch ein Meer zu überqueren* (Césaire, Du siehst, ich vergesse nicht alles). Zwei Mütter, zwei Meere und zwei Überquerungen, das braucht Zeit, das ist meine Geschichte, lass sie mir. Erst danach können wir von »Verwebung« spre-

chen, wie Du es nennst, und ich kann ein Kind in die Welt setzen, an einem Ufer, das einen Namen hat.
Ich umarme Papa und Dich ganz fest

Stéphanie

ANNE VALLIO AN COLETTE BOUVIER

Bourg-la-Reine,
24. März 1998

Liebe Frau Bouvier,

bitte verzeihen Sie, dass ich Ihren Brief nie beantwortet habe. Ich bin sehr langsam in allem, was ich tue, vielleicht wegen meiner Abstammung, vielleicht auch, weil ich von einer Großmutter mit gesetztem Rhythmus großgezogen wurde.
Ich brauche jedenfalls viel Zeit, um zu verstehen, was ich sehe, und mein Gleichgewicht zu finden.
Wie Sie sicherlich wissen, habe ich Stéphanie im letzten Monat getroffen, und ich habe immer noch nicht richtig verstanden, was mir geschehen ist. Sie hat mir gesagt, dass sie Amerika verlassen hat, weil sie dort zu weit von Ihnen weg war und weil sie um Ihre Gesundheit fürchtet.
Meine Großmutter liegt im Sterben. Das Leben und der Tod überrumpeln mich, und ich bin im

Moment unfähig, Sie anzurufen, erst recht Sie zu treffen. Erlauben Sie mir aber, Ihnen die besten Genesungswünsche zu senden.
Meine Tochter ist Ihre Tochter, sie liebt Sie, vielleicht braucht sie uns beide, um sie selbst zu werden, wie Sie letztes Jahr geschrieben haben. Ich bin langsam, wie Sie sehen.
Im Moment kümmere ich mich um meinen Sohn, der Arzt werden will, um meine Boutique, die etwas Besonderes bieten muss, um sich von den Supermärkten abzuheben, und um meine Großmutter, die aufgehört hat, die Verrückte zu spielen, und sich vor der Unendlichkeit fürchtet.
Eines Tages werden wir uns ganz bestimmt begegnen.
Herzliche Grüße

Anne Vallio

ANNE VALLIO AN PATRICK VALLIO

17. Juni 1998
im Flugzeug

Mein lieber großer Sohn,

danke, dass Du mich nach Roissy gebracht hast. Als ich Deinen Twingo wegfahren sah, wurden mir die Beine weich, ich dachte, sie tragen mich nicht mehr, plötzlich kam mir der Ausdruck »wie Watte« sehr realistisch vor …
Trotzdem habe ich meinen Koffer gezogen, meinen Pass gezeigt und eine kleine Flasche *Vol de Nuit* im Duty-free Shop gekauft, ehe ich von den Schläuchen des Flughafens eingesogen und in dem Flugzeug wieder ausgespuckt wurde, aus dem ich Dir schreibe.
Eine Stewardess hat einen kleinen Hocker mit einem Kissen unter meine Füße gestellt und mir ein Glas Champagner und Oliven gebracht. Ich sitze am Fenster, der Mittelplatz neben mir ist frei. Am

Gang sitzt ein ungefähr vierzigjähriger rothaariger Mann, der unaufhörlich auf seinem Notebook herumhämmert. Eigentlich hämmert er nicht, sondern berührt die Tasten sehr präzise und schnell, anscheinend ohne das geringste Zögern. Er hat einen Kaugummi im Mund, auf dem er nicht ordinär herumkaut, sondern den er regelmäßig von einer Wange in die andere schiebt. Ich klammere mich an all diese Einzelheiten, damit mir nicht schwindlig wird von den Wolken, der Leere unter dem Flugzeug und der Begegnung, die mich erwartet.

Egal, was mir passiert, du sollst auf jeden Fall wissen, wie stolz ich auf Dich bin, dass ich Vertrauen in Dich habe und Dir sehr dankbar bin für Deine Zurückhaltung und Freundlichkeit in den letzten Monaten. Mamies Tod war für mich sicher weniger schmerzhaft als für Dich. Du hast eine sehr alte Großmutter verloren, die Dich verwöhnt und großgezogen hat, Dich beim Lernen ermutigte, ihre Lebenskraft an Dich weitergab, mit der Du stundenlang brüllend vor dem Fernseher Fußballspiele angesehen hast.

Ich muss lächeln, wenn ich an ihren zweiundneunzigsten Geburtstag denke, als Du ihr einen Joint gegeben und mit ihr Internetbridge gespielt

hast. Für mich war sie eine Mutter, die nicht richtig meine Mutter war, die mich gewissermaßen versetzt zu meiner eigenen Zeit erzogen hat. Ich habe sie auch mit einer Art von zeitlicher Versetzung geliebt, die aus Aufmerksamkeit, Distanz und Notwendigkeit bestand. Ich begleitete sie bis ans Ende ihrer Kräfte und meiner eigenen. Gott weiß, wieviel Zärtlichkeit mich erfüllt, wenn ich an sie denke, aber sie wird immer eine Großmutter für mich gewesen sein, keine Mutter. Für Dich macht es wohl keinen großen Unterschied, ob sie Großmutter oder Urgroßmutter war.
Der größte Schock für mich, das hast Du sicher verstanden, auch wenn wir noch nicht darüber gesprochen haben, war die Begegnung mit Stéphanie. Weil ich an jenem Tag solche Angst vor ihrem Blick, vor meiner eigenen Reaktion und vor Deiner hatte, bat ich Dich, in Deinem Zimmer zu bleiben.
Als sie klingelte, begann mein Herz so stark zu klopfen, dass es mir in den Ohren dröhnte wie die Glocken einer Kathedrale im Innern des Glockenturms. Ich machte die Tür auf und habe sie gesehen, ich habe die Augen geschlossen und wieder geöffnet, und wir haben uns wiedererkannt. Das große Mädchen umarmte mich sehr fest, sagte

»Mama« und weinte. Ich weinte auch. Wir haben in der Küche Tee gekocht. Sie füllte sorgfältig den Teekessel. Ich zündete das Gas an und bemerkte ihren überraschten Blick, weil ich die Streichhölzer beim Anzünden immer zerbreche.
Sie wartete, bis das Wasser kochte, und nahm den Kessel vom Feuer, das ich angezündet hatte. Wir konnten immer noch kein Wort sagen. Ich gab ihr zwei Teebeutel, sie entfernte die Papierhüllen, spülte die Teekanne, die ich ihr reichte, heiß aus, warf die Beutel rein und wartete, dass der Tee atmet, ehe sie ihn mit heißem Wasser aufgoss. Ihre Bewegungen waren sehr methodisch. Ich habe mich mit dem kleinen Finger an der Nase gekratzt, wie ich es immer mache, und ihr Blick wurde so schwer und schmerzhaft, dass ich gleich damit aufhörte. »Machen Sie weiter, bitte«, hat sie gesagt, »das ist nicht schlimm.« Und gerade *wie* sie das sagte, »das ist nicht schlimm«, machte die Situation besonders dramatisch, ohne dass ich verstand, weshalb.
Sie hatte mich Mama genannt und siezte mich, ich musste ruhig bleiben, still, bereit ihr zuzuhören. Wir tranken unseren Tee, ohne ein Wort zu sagen. Ich war bewegt von ihrer Schönheit, ihrer Kraft. Ich fand, dass sie eher Mamie ähnlich sah als mir

und dass Ihr Gemeinsamkeiten habt, sie und Du, aber trotz all dieser Gedanken blieb sie mir fremd. Sie fragte mich: »Warum haben Sie das gemacht?« Dieses »das« traf mich wie eine Kugel mitten in den Bauch. Ich habe geantwortet, dass ich ihr in meinem Brief vor zwei Jahren alles gesagt habe, dass ich es selbst nicht besser weiß, dass ich glücklich bin, sie zu sehen. Ich fragte, ob sie Dich kennen lernen will? Du warst in Deinem Zimmer. Sie antwortete nein. Sie wollte gehen.
Wir hatten nicht viel gemeinsam, außer, das sagte sie mit einem nervösen Lächeln, dass wir uns die Nase kratzen. Wir waren sehr ungeschickt im Umgang miteinander. Ich habe ihr gesagt, dass sie kommen kann, wann immer sie will. »Meine Mutter ist sehr krank. Sie hat Krebs. Wegen ihr bin ich aus den Staaten zurückgekommen, und ihr werde ich jetzt meine Zeit widmen. Aber ich musste Sie einmal treffen.« Sie verabschiedete sich mit einer kurzen Handbewegung.
Die große Umarmung beim Wiedersehen hatte der Scheu des zeitlichen Abstands Platz gemacht. Ich winkte ihr lange hinterher, als sie zum Bus ging. Sie hat sich einmal umgedreht. Meine Hand war in der Luft, und ich hoffte, diese Luft würde sie berühren. Aber ich musste mich zwingen, den

Abstand zu akzeptieren, den ich selbst geschaffen hatte, musste sie freilassen, ihr erlauben, sich um eine Adoptivmutter zu kümmern, die sie immer geliebt hatte, ich musste diesem Efeuzweig, dessen Wurzel ich gekappt hatte, Zeit lassen, zu mehreren Fenstern zu wachsen.
Sitze ich jetzt wegen Mamies Tod oder wegen meiner Begegnung mit Stéphanie im Flugzeug nach Saigon?
Mamie hatte den Platz meiner Mutter eingenommen, und ich untersagte es mir, ihr untreu zu sein, indem ich nach einer anderen, ferneren Mutter suchte. Die Begegnung mit einer erwachsenen Tochter, geboren aus meinem Fleisch und Blut, aus meiner Jugend, meiner Leichtfertigkeit, hat mir vielleicht die Kraft gegeben, meine eigene Mutter wiederzufinden, die mich in ihrem Bauch getragen, aus Liebe oder Instinkt gezeugt, drei Jahre lang großgezogen hatte und sich dann damit abfand, mich zu verlieren. Ich werde sie suchen und sie vielleicht wiederfinden, wie ich Stéphanie wiedergefunden habe.

Im Flugzeug sehen sich alle einen amerikanischen Film an, der auf einem Strand mit Kokospalmen und schönen, wohl geformten Mädchen gedreht

wurde. Die körperliche Angst, mein Land und meine Mutter wiederzusehen, ist gewaltig und nimmt mir die Luft … Wenn ich von dieser für mich unglaublichen Reise nicht zurückkehre, wenn mein Herz ebenso nachgibt wie meine Beine und wenn man diesen Brief bei mir findet, dann sollst Du wenigstens eines ganz sicher wissen: Außer Stéphanie habe ich Dir nie etwas verheimlicht, weder Dir noch Deinem Vater.
Ich traf Deinen Vater in Bilbao, als Mireille und ich am Strand reiten lernten. Mireille war vorher schon in der Camargue geritten, ich noch nie, und wie Du weißt, bin ich nicht sehr geschickt.
Eines Morgens brannte mein Pferd plötzlich durch, und je fester ich mich in seine Flanken stemmte, desto schneller raste es auf das Meer zu. Ich brüllte und krallte mich in seine Mähne. Als es das Wasser erreichte, hatte ich weniger Angst herunterzufallen. Ich entspannte mich etwas und das Pferd auch. Ich war klitschnass, aber wir kehrten ganz ruhig zum Club zurück, wo wir schon erwartet wurden. Mireille lachte sich halbtot über meine Heldentat. Ein kleiner, stämmiger Bursche mit lebhaften Augen sah mich an und fragte mich, wie es mir ginge und ob ich nicht zu große Angst gehabt hätte.

»Ein bisschen.«

»Ich lade Sie zu einem *Diabolo menthe* ein.«

Er half mir, das Pferd zu versorgen, und flüsterte ihm ins Ohr: »Danke, dass Du sie heil zurückgebracht hast.« So habe ich Deinen Vater kennen gelernt. Er beendete gerade die Handelsschule in Lyon.

In Aix-en-Provence lebten Opa, Oma und Tante Nadine in dem Haus, das Du noch kennst. Damals hatte es einen altmodischen Charme, der mir gefiel … Ein Jahr lang besuchte Daniel mich einmal im Monat in Bourg-la-Reine. Mamie ging extra zum Friseur, ließ eine Putzfrau kommen, kaufte mir Kleider und Schuhe und achtete darauf, dass ich anziehend und vorzeigbar war.

Daniel sah mich zärtlich und beschützend an und wartete nur darauf, in mein Bett zu kommen. Nachdem er bei uns zu Abend gegessen hatte, verabschiedete er sich höflich und tat, als würde er den Bus nehmen. Sobald Mamie schlief, öffnete ich mein Fenster und gab ihm ein Zeichen. Er kletterte an der Regenrinne bis zu meinem Fenster im Obergeschoss. Das ist eine schöne Erinnerung …

Von unserer Heirat in Aix habe ich Dir schon hundertmal erzählt, auch davon, wie wir Dich im Lavendel gezeugt haben und wie ich Dich mit tie-

fem, reinem Glück erwartete. Dir ganz allein, als Du in meinem Bauch warst, habe ich manchmal die Geschichte von Deiner großen Schwester erzählt, die vielleicht gestorben war oder adoptiert, die Du niemals ersetzen würdest, die mich aber nicht daran hindern würde, Dich von ganzen Herzen zu lieben. Ich habe oft Tränen über Deinem Säuglingsbauch vergossen, wenn mir all die Bewegungen, all die Zärtlichkeiten bewusst wurden, die ich einem kleinen Mädchen versagte, das ich nicht angenommen hatte.
Als ich Dir eines Tages Jeans und ein Lacoste-Hemd kaufte, brach ich in Tränen aus: Ich hatte plötzlich Lust, meiner Tochter ein Kleid zu schenken. Ein Seidenkleid, wo immer auf der Welt sie auch sein mochte. Daniel, dem ich erzählt hatte, ich hätte eine Fehlgeburt gehabt, verstand diese Momente der Verzweiflung, er umgab mich mit Zärtlichkeit und war so begeistert von seinem »kleinen Buben«, dass er hoffte, das Glück würde ansteckend sein. Dein Vater und ich, wir haben gelacht, getanzt, Freunde getroffen, wir haben Dich überall hin mitgenommen, zuerst in einer Tragetasche, dann im Pyjama und später angezogen wie ein Großer, im Winter in Paris, im Sommer in Aix-en-Provence, wo wir Freunde trafen,

die Trödler waren und denen Tante Nadine nie widerstehen konnte, Ostern in den Alpen, Weihnachten in Bourg-la-Reine, wo Mamie die Familie zusammenrief. Ich liebte dieses Leben, unsere kleine Wohnung im Faubourg Saint-Antoine, Deine Grundschule, Dein Gymnasium, Dein Fußballtraining und Deinen Judounterricht, zu dem Dich Daniel voller Stolz begleitete.
Meine Arbeit als Teilzeit-Buchhalterin im *Bazar de l'Hôtel de Ville* mochte ich nicht, aber es war nicht weit dorthin, und ich konnte es mir leisten, Madame Martineau zweimal in der Woche die Wohnung sauber machen zu lassen, mir Parfum und Seidenunterwäsche zu kaufen, meinen ganz persönlichen Luxus …
Im Moment fehlt mir die Wäscheboutique überhaupt nicht. Ich hoffe, dass Armelle ihren Rhythmus findet und mich gut vertritt. Sei so nett, ab und zu vorbeizugehen, aber halte Dich mit Deinen Scherzen über die Wäsche und die Anatomie der Damen zurück. Ich bin nicht da, um die Kundinnen nach Deinem Besuch wieder aufzubauen. Wenn Du in Mamies Wohnung in die zweite Etage ziehst, wie Du es vorhattest, stell alle ihre Möbel und Nippes in Dein Zimmer. Irgendetwas davon wird vielleicht Stéphanie gefallen.

Die Stewardess bringt mir ein Tablett. Wir fliegen wohl über Ägypten, ich habe das verdammte Bedürfnis, zu weinen und nach Hause zurückzukommen. Aber mach Dir keine Sorgen, ich halte schon durch.
Ich umarme Dich sehr zärtlich,

Maman

COLETTE BOUVIER AN IHRE SCHWESTER JULIE NÉDELEC

Paris,
28. Oktober 1998

Liebe Julie,

weißt Du noch, wie wir als Kinder in den Ferien in Cap Ferret bei Ebbe Venusmuscheln fingen? Du hast immer die beiden Löcher gesucht, dann nach dem Abstand die Größe der Muschel berechnet, zwei Finger hineingesteckt und Deine Beute fast immer bekommen. Ich ließ mir mehr Zeit, ein günstiges Terrain zu finden, halb Schlamm und halb Sand, *hagne* nennen es die Fischer in Arcachon, wenn möglich mit Gras bewachsen, dann tastete ich auf allen vieren mit den Handballen den Boden unter den Salzwasserpfützen ab, ließ die kleinen Venusmuscheln am Leben, holte die mittleren und die großen raus und füllte ganze Eimer, während Du Dich über den Erfolg meiner primitiven Methode geärgert hast.

Auch diesmal folgte ich meinem Gefühl, als ich vor sechs Monaten meine linke Brust abtastete, und meine überempfindlichen Handballen Kugeln unter der Haut fanden. Zuerst geriet ich in Panik, dann dachte ich an die Venusmuscheln … Ich bin sofort zum Radiologen gerannt und habe die arme »Fotografin« angeschnauzt, die mich vor Schmerz brüllen ließ, als sie meine Brüste für die Aufnahme platt drückte. Der Ultraschall, dem ich aufmerksam folgte, ließ keinen Zweifel, die zuckersüßen, tröstlichen Worte des Radiologen noch weniger.

Es wird Dich vielleicht wundern, aber die Mitteilung über diese »Invasion von Venusmuscheln« hat mich nicht überrascht. Seit zwei Jahren hatte ich aufgegeben.

Aufgegeben angesichts einer Tochter, die allzu verletzend und materialistisch war, zu anders als ich; aufgegeben angesichts eines Mannes, der allzu abwesend und zu wenig verliebt war, zu verschieden von dem geschwätzigen und mutigen jungen Mann, der mir vor zwanzig Jahren den Hof gemacht hatte; aufgegeben angesichts all der Zähne, Prothesen und stinkenden Münder, der Routine, der unbezahlbaren Sozialabgaben und der endlosen Bürokratie; der systematischen Entmutigung, die Politiker im Namen eines kleinbürgerlichen, entmündigenden Sozialismus betrieben; der Suche nach einem Gott, der nicht von so viel Bosheit begleitet ist wie Er. Ich hatte die Lust verloren, ungeachtet der Gefahr, mich an Austernschalen zu schneiden, die Füße in der *hagne* tanzen zu lassen, ich ließ die anderen auf mir tanzen, die *hagne* war ich. Und in der *hagne* wachsen die Venusmuscheln …

Meine Tochter verändert sich. Ich schreibe Dir vor allem wegen ihr. Als sie Amerika verließ, um zu mir zu kommen, wollte sie nur einen Monat bleiben. Aber ein paar Tage nach ihrer Rückkehr teilte ihr Freund John ihr mit, dass er wieder zu seinem früheren *girl friend* zurückkehren würde. Stéphanie tat, als würde es sie nicht verletzen, »einen verloren, zehn neue gefunden«. Ich glaube, dass die Aussicht, mich für immer zu verlieren, ihr die Schwierigkeit deutlich werden lässt, ihr Gefühl auf einen Menschen, ihre Aufmerksamkeit auf einen Gedanken, ihre Zeit auf eine Arbeit zu fixieren.

Gleichzeitig akzeptiert mich meine Tochter heute so, wie ich bin. Das macht sie frei und wird ihr sicher helfen, mit einem Mann ein Leben aufzubauen. Ihr wisst sicher von ihrer Beziehung zu Ha-

drien. Ihr kennt ihn ja besser als wir, weil er schon lange Matthieus Freund ist. Sein Zartgefühl und sein Humor berühren mich zutiefst, und ich bin sehr beruhigt, meine Tochter so glücklich, ja sogar strahlend zu erleben.
Sie sind zusammen bei mir gewesen, um mir zu sagen, dass sie so schnell wie möglich heiraten wollen. Ich glaube, sie hoffen, dass ich an dem Tag noch am Leben bin. Aber Du, Julie, weißt, dass ich es nicht sein werde. Ich bin ein sehr gutes Muschelterrain. Es ist zu spät, um den Schlamm vom Sand zu trennen. Es tut mir Leid, dass ich meine Enkelkinder nicht kennen lernen werde, dass ich die Flachsfelder in der Normandie und die Seerosen im Teich nicht mehr blühen sehe, dass ich mir die virtuellen Zähne, die man eines Tages implantieren wird, nicht mal vorstellen kann, es ist etwas spät, und ich bin müde. Dabei hätte ich Stéphanies Hochzeit so gern ausgerichtet.
Julie, das Hauptanliegen meines Briefes ist, Dir die Hochzeit meiner Tochter zu übertragen. Als Stéphanie noch ein Baby war, fuhren Bruno und ich für ein paar Tage nach New York und ließen sie bei Mama und Papa. Vorher hatten wir aber Dich und Nicolas gebeten, sie mit Euren Kindern großzuziehen, falls uns etwas zustößt (und wir hatten uns

verpflichtet, das Gleiche für Eure fünf Energiebündel zu tun!).
Heute bitte ich euch, Bruno dabei zu helfen, Stéphanies Hochzeit zu einem großen Fest zu machen. Da ich in Paris beigesetzt werde, ist es besser, wenn sie in Cap Ferret heiratet.
Das Haus dort ist voll mit schönen Erinnerungen. Nur die echten Freunde werden kommen. Zu Austern, Würsten und Cannelés passen Pappteller hervorragend, außerdem werden sie Euch an die Feste unserer Jugend erinnern. Für Papa und Mama wird es etwas schwierig, weil sie an meine Hochzeit denken werden, auch für Bruno wird es nicht leicht …
Er kümmert sich rührend um mich, aber ich spüre genau, dass er sein Leben nach mir vorbereitet.
Alles, worum ich Dich bitte, ist, unsere und Hadriens Familie ohne Traurigkeit und ohne Gerede zu versammeln, damit Stéphanie am Tag ihrer Hochzeit spürt, dass ihre Adoptivmutter zwar tot ist, dass aber eine ganze Familie sie seit langer Zeit adoptiert hat.
Danach sollt Ihr auch die neue Frau von Bruno aufnehmen. Das wird wichtig sein für Stéphanie. Und dann wird das Leben seinen Lauf gehen.

Werde ich in einer Möwe versteckt sein, um Euch zuzuschauen und zum Träumen zu bringen?
Ich werde im Ozean der Zeit sein. Lasst Euch alle viel, viel Zeit, ehe Ihr mir dorthin folgt, und Du, meine liebe Julie, lebe ganz lange.

Colette

STÉPHANIE BOUVIER AN JOHN PERRY

Paris,
17. Januar 1999

Hi Johnny,

I'm going to write in French; too much to tell and too hard to say it in English. And your French is great anyway; your letter nach Mamas Tod hat mich gewärmt, mir Leben eingehaucht, mich aufgeheitert … danke. I couldn't imagine and you wouldn't figure out, wie sehr mir Mamas Krankheit wehgetan hat.
Seitdem sagen mir alle, dass ich mich verändert habe. Ich weiß nur, dass mich die ersten Wochen sehr beeindruckt haben, als ich ihre Hand hielt und ihre entsetzlich mageren Finger spürte. Ich ging aus dem Zimmer, und mir war genauso schlecht wie ihr. Ich nahm ab wie sie, ich kam mir vor wie ein Stück Holz in einem Fluss, der zwangsläufig in den Tod mündet. Und dann, ganz all-

mählich, fing ich an, meine Mutter zu bewundern, aber nicht wie die Göttin meiner Kindheit, die mich dann nur noch enttäuschen konnte, sondern als die mutige Frau, die den Friseur nach Hause kommen ließ, um noch schön zu sein, die mich bat, ihr ein paar Schnurrbarthaare zu entfernen, wenn sie zu sehr zitterte, die schweigend litt und kein künstliches Paradies der Medikamente wollte, um die letzten Wochen ihres Lebens wirklich zu leben. Weil sie nachts Angst oder Schmerzen hatte, haben Papa und ich abwechselnd in ihrem Zimmer geschlafen.

Zum ersten Mal fühlte ich mich stark und verantwortlich. Sie wollte nicht, dass sich Papa und ich um ihre Toilette kümmerten, und ich habe ganz allein eine Schwester organisiert, die zu uns nach Hause kam. Ich war bei Mamas Chirurgen und habe mir erklären lassen, was sie hat und was passieren wird, und ich fühlte mich mutiger als Papa. Ich habe mit Mama über ihren Tod gesprochen. Sie glaubte an keinen Gott, an keine Reinkarnation und war überzeugt, dass die Teilchen, aus denen sie bestand, verstreut ins Universum zurückkehren würden, aber »mit ein bisschen mehr«. Von diesem »bisschen mehr« wollte sie gern wissen, ob es sich auf der Erde oder im Raum übertragen lässt, falls es nicht in die Statistiken der Welt aufgenommen wird, um die »bisschen weniger« auszugleichen. Einmal hat sie lachend gesagt, dass die Ausdehnung des Kosmos vielleicht durch die vielen Gebete der Menschen zustande kommt.

Wenn ich es richtig verstanden habe, fragte sie sich, ob nicht das Bewusstsein, dass Dich irgendetwas übersteigt, was Du unbedingt erreichen willst, viele Zellen, Wellen und Atome in Bewegung setzt, die sich so stark vermehren, dass die Welt dadurch eines Tages erweitert und verändert wird, dass eine neue Art die Menschheit mit ihrer linearen oder wellenförmigen Logik ablösen und Dinge wahrnehmen wird, die für uns unsichtbar sind. Wie Du merkst, erzähle ich Dir etwas, was ich nicht verstehe. Aber Du wirst zugeben, dass mich noch vor einem Jahr solche Geschichten von meiner Mutter so angekotzt hätten, dass ich irgendwas zerschlagen hätte, irgendwas, was Du und ich gern hatten. Und heute, lach nicht, kommt mir manchmal die Luft dichter vor als vorher, die Wände des Hauses weiter, mein Blut stärker und mein Körper erfüllter.

Auf den Tag genau vor einem Jahr hast Du mich nach Boston zum Flugplatz begleitet. Seitdem ist so viel passiert.

Ohne es Mama zu sagen, aber für sie hatte ich beschlossen, meine biologische Mutter zu treffen. Es war ein Schock. Zuerst ihre Stimme am Telefon. Überhaupt nicht, wie ich sie erwartet hätte. Eine schüchterne, sanfte Stimme, »gewöhnlich«, wie Großmutter sagen würde.
An dem Tag, an dem wir uns verabredet hatten, schlotterten mir die Beine, sie waren wie aus Watte, versagten den Dienst, ich dachte, ich würde es nie schaffen, an ihrer schrecklichen kleinen Boutique in Bourg-la-Reine zu klingeln. Sie machte auf, schloss die Augen, und wir lagen einander in den Armen, ohne zu verstehen, wie. Es war offensichtlich, kein Zweifel, diese Fremde war meine Mutter. Auf sie hatte ich immer gewartet. Für sie hatte ich Mama niemals wirklich geliebt. Sie ist viel kleiner als ich, ihre Zähne sind schlecht, sie riecht sehr gut. Sie hat verstanden, dass ich mich aufwärmen musste, und wir haben Tee gekocht. Sie hat nichts gesagt. Das war cool. Ich habe ein bisschen versucht, ihr ein schlechtes Gewissen zu machen, aber sie ist überhaupt nicht wie Mama, es hat nicht geklappt. Sie ist viel stärker, als sie aussieht. Sie muss genauso egoistisch sein wie ich. Und weißt Du was, sie kratzt sich die Nase mit dem kleinen Finger, so wie ich. Sie trinkt ihren Tee

wie ich, sie hat ständig Halsschmerzen wie ich. Sie hat mich gefragt, ob ich meinen Halbbruder kennen lernen will, aber ich habe abgelehnt. Das war zu viel auf einmal.

Ich habe sie noch einmal in einem Café in Paris wiedergesehen, an der Place Denfert-Rochereau. In der Mitte des Platzes steht ein großer Löwe, und zum ersten Mal im Leben hatte ich Lust, hinaufzuklettern, um auf einem Löwenrücken, in den Wellen, am Strand auf Abenteuersuche zu gehen.

Dabei ist das überhaupt nicht der Stil meiner biologischen Mutter! As you know, habe ich mich immer darüber lustig gemacht, dass Mama so eine Mischung aus Achtundsechzigerin und feiner Dame war. Diese Mutter da macht einen auf kleine Provinz-Omi mit Schlitzaugen. Sie trägt Wollrock, Bluse und Strickjacke (do you know what I mean?), na ja, pinch me, irgendwie war ich gerührt ... Sie hat mich gefragt, wie es Mama geht, und erzählt, dass sie nach Vietnam fahren wird, um ihre eigene Mutter wiederzufinden, die sie nicht mehr wiedergesehen hat, seit sie drei war.

Sie wusste nicht mehr als das, was sie mir geschrieben hatte, hatte nur eine alte Adresse ihrer Großmutter mütterlicherseits in Haiphong und

Termine in der Botschaft und im Konsulat. Ich weiß nicht genau, wann sie gefahren ist.
Mama ging es immer schlechter. Großvater und Großmutter kamen jeden Tag aus Méru, um sie zu besuchen … Großmutter beugte sich über Mama und sagte »mein Baby«, während sie ihr Zuckerwasser einflößte. Mama hat nur Großvater um Schmerztabletten gebeten, und er hat auch allein mit dem Arzt gesprochen.
An einem Morgen hat mir Mama Anweisungen für die Beisetzung gegeben. Sie wollte, dass ich Papa erlaube, wieder zu heiraten. Sie hat mir gesagt, dass sie auch sehr gerne Großmutter geworden wäre und dass sie sicher ist, dass ich schöne Kinder bekommen werde, und sie hat mich gebeten, bei ihr zu bleiben. Im Beisein von Großvater, Großmutter, Papa und mir hat der Arzt ihr eine Beruhigungsspritze gegeben. Ich hielt ihre Hand. Ich bin sicher, dass sie Angst hatte und nicht sterben wollte, aber die Müdigkeit war zu groß. Ich habe ihre Hand bis zum Ende gehalten. Plötzlich floss ein Strom durch meinen Arm. Sie war nicht mehr in ihrem Körper.
Papa war so verloren und verzweifelt, dass ich alles organisieren musste, aber ich hatte die Kraft von Mama und von mir. Ich ging durch die

Straßen und gab den Clochards lächelnd Geld und den Ratschlag, sich um ihre Zähne zu kümmern. Die ganze Familie kam zur Beisetzung. Auf dem Friedhof, nachdem jeder eine Blume auf den Sarg geworfen hatte, verteilte ich heiße Brühe in Pappbechern, und alle fanden, ich sei meiner Mutter total ähnlich geworden.

I should tell you now about Hadrien. Ich kenne ihn schon lange. Er ist der beste Freund meines Cousins Matthieu. Früher kam er jeden Sommer zu Großvater und Großmutter nach Cap Ferret, und als Papa und Mama *L'Abri du vent* gekauft hatten, halfen Hadrien, Matthieu und Justin Papa bei der Ausbesserung vom Dach, bei den Sanitäranlagen, der Elektrik, der Pflasterung und beim Malern.

Ich habe Dir oft erzählt, dass ich mit Matthieu und seinem Freund Hadrien im Kino war. An dem Tag, wo Du mir gesagt hast, dass Du wieder mit Lea zusammen bist, war ich total fertig. Mama hat ihre Schwester Julie angerufen, die hat Matthieu Bescheid gesagt, der mit Hadrien telefoniert hat, und Hadrien war mit mir tanzen, bis ich nichts mehr hören konnte, keine Beine mehr hatte, nichts mehr … An dem Abend blieb Papa bei Mama. Ein paar Tage später schlug mir Hadrien

vor, in Etretat wandern zu gehen. Wir waren früher oft dort, bei Cousins meiner Mutter, mit meiner Freundin Valentine, die Du ja kennst. Ich liebe diese Landschaft, die ganz anders ist als Maine, aber trotzdem. Na ja … jedenfalls werden wir heiraten.
Ich, die keine Mutter hatte, als wir uns kennen lernten, habe heute eine in der Vergangenheit und eine in der Zukunft. Keine von beiden wird da sein, um meine Hochzeit zu organisieren und um sich auf gesunde Art von mir zu befreien, und ich werde eine dritte Mutter adoptieren müssen, die von Hadrien. Aber die wirklich echte, Johnny, das ist meine biologische Mutter, die lebt, die mich verlassen hat, die bei mir eine unheilbare Wunde hinterlässt, mit der ich vertraut werde, so gut ich kann.
Johnny, I would be happy if you could be here for my wedding, you are not another mother, sondern ein Bruder, der mich eine Zeit lang in die Arme nehmen und besänftigen konnte (scheiß auf den Inzest!).
Mamas Schwester Julie, superkatholisch, mit einem Bretonen verheiratet, der nur seine Frau und den Regen liebt (was ungefähr dasselbe ist), wird die Hochzeit in Cap Ferret ausrichten. Wenn Du

mit Lea kommen kannst, verspreche ich Euch eine Hummerorgie, wenn nicht, kommen wir irgendwann nach Boston.
Love

Stéphanie

JACQUELINE BEAUMONT
(MUTTER VON COLETTE BOUVIER UND JULIE NÉDELEC)
AN STÉPHANIE BOUVIER

Méru,
29. August 1999

Meine geliebte Enkeltochter,

vielen Dank für die schönen Fotos von Deiner Hochzeit. Du kannst Dir vorstellen, wie bewegt wir waren, die Bucht wiederzusehen, die wir vor zehn Jahren zum letzten Mal besucht hatten, und bei Deiner Hochzeit zu sein, in derselben Kirche, in der auch Dein Papa und Deine Mama einst geheiratet haben.

Großvater und ich sehen uns die Fotos abwechselnd mit unserer Lupe an; unsere Kinder, Enkel, Neffen, Großneffen und Urgroßneffen und dieses große, schöne blonde Mädchen mit den schmalen Augen, unser Enkeltochter-Geschenk. Als Deine

Mutter beschloss, lieber ein Kind zu adoptieren, als eine künstliche Befruchtung zu versuchen, erzählte sie mir, dass sie lange darüber nachgedacht habe. Ihr war es am allerwichtigsten, ihrem Kind niemals etwas zu verheimlichen, und sie fand es sehr schwierig, einem Kind zu sagen, es sei mit einer Pipette und dem Sperma eines Unbekannten erzeugt worden. »Außerdem habe ich ja auch keine Lust, mit allen Männern zu schlafen, die ich in der Metro treffe«, sagte sie. »Warum sollte ich dann bereit sein, ein Kind mit einem Mann zu zeugen, den ich nie gesehen habe? Wenn ich eines Tages einen Mann treffe, von dem ich ein Kind haben möchte, werde ich es bekommen. Und es wird ein kleiner Bruder oder eine kleine Schwester für mein Adoptivkind sein.«

Sie wollte das Kind auch von ganzem Herzen gleichberechtigt mit ihrem Mann teilen, denn sie fand, er sei dazu geschaffen, Vater zu sein, auch wenn er es aus medizinischen Gründen nicht werden konnte.

Schließlich, und das vor allem wollte ich Dir erzählen, hat sie mich mit ihrer Überzeugung beeindruckt, dass die Menschheit solidarisch ist und sich nur als Gemeinschaft entwickeln kann, dass sie eine große Familie bildet, in der man einander

den Rücken stärken muss, damit sie sich entwickelt und weiterlebt, anstatt sich selbst zu zerstören.
Deine Eltern hatten einen Adoptionsantrag gestellt und darin geschrieben, dass ihnen das Geschlecht, die Hautfarbe und die Herkunft ihres Kindes gleichgültig sei. Deine Mutter hat so viel Liebe, Freude und Begeisterung auf Deine Adoption verwandt. Ich glaube fast, sie hat sich für die Heilige Jungfrau gehalten, die das Jesuskind empfängt. Eine solche Vergöttlichung war für Dich schwer zu ertragen, mein Liebling.
Dein Großvater und ich waren nicht erstaunt, dass Du andere Götter oder Teufel brauchtest, um Dich von Deinen Eltern zu befreien.
Wenn ich Dir das heute, an diesem trotz der Milde des Gartens recht anstrengenden Augusttag erzähle, dann nur, damit Du keine Angst davor hast, selbst Kinder zu bekommen. Sie werden weder Götter noch Teufel sein, einfach Menschen, die man liebt und großzieht, um die gesamte Menschheit eine Stufe größer zu machen, wie es sich Deine Mutter wünschte. Colette dachte auch, dass es wichtig für Dich wäre, Deine biologische Mutter zu treffen. Ich weiß nicht, was Du darüber denkst und was Dein Mann will.

Ich will Dir nur sagen, dass unser Haus offen steht für jede Begegnung, die Dir an einem zu vertrauten oder zu ungastlichen Ort vielleicht schwerfallen würde. Kommt uns besuchen, wann ihr könnt. Großvater hat noch Reserven von dem Bordeaux, der Dir so gut schmeckt, und ich werde immer ein Glas mit Lamprete aufmachen.
Ich umarme Dich ganz fest, mein Liebling,

Großmutter

ANNE VALLIO AN JACQUELINE BEAUMONT

Bourg-la-Reine,
12. Mai 2000

Liebe Madame Beaumont,

Stéphanie hat mir Ihre Einladung zum Geburtstag Ihres Gatten in Méru übermittelt. Es tut mir sehr leid, dass ich nicht kommen kann. Ich arbeite sonnabends und gehe nicht oft aus. Aber Ihre Einladung hat mich sehr berührt.
Stéphanie und ich gewöhnen uns ganz allmählich aneinander. In ihren Bewegungen und ihren Worten liegt eine Heftigkeit, die mir sehr fremd ist. Sie lacht, wenn sie sagt, dass sie das von ihrem italienischen Vater und der Mutter aus den Landes hat. Es kommt mir so vor, als wenn das ihre Art ist, viele Mankos auszugleichen, darunter auch das fehlende Verständnis für die Welt und für die anderen.
Ich kann meine Verantwortung nicht auslöschen,

sondern nur meine Aufrichtigkeit beweisen, ohne meine eigenen Grenzen zu überschreiten. Ich möchte weder verurteilen noch mich selbst schuldig sprechen oder verletzen. Ich habe Stéphanie von meiner Vietnamreise erzählt, von der Begegnung mit der Schwester meiner Mutter, vom Tod meiner Mutter, die kurze Zeit nach meiner Ankunft in Frankreich ermordet wurde. Damals war ich drei Jahre alt.
Ich habe erfahren, dass mein Vater und meine Großmutter es immer gewusst und vor mir verheimlicht hatten. Ich erzähle es Ihnen, wie ich es Stéphanie erzählt habe, um nicht selbst irgendetwas zu verbergen.
Hat das Schweigen meines Vaters und meiner Großmutter den Lauf meines Lebens verändert? Hat mich ihre übermäßige Fürsorge so unreif gemacht, dass ich nicht die Verantwortung für ein Kind übernehmen konnte? War diese Unreife angeboren, oder wollte ein unbekanntes Schicksal, dass ein kleines Mädchen, halb Norwegerin, halb Französin und Vietnamesin, in einer franko-italienischen Familie aufgenommen wird?
Ich glaube, Stéphanie wird sich eines Tages gut mit ihrem Bruder, meinem Sohn Patrick, verstehen. Er studiert Medizin, wie Hadrien. Aber im Moment

wollen weder Patrick noch Stéphanie den anderen kennen lernen. Sie lassen sich Zeit.
Wenn Sie einverstanden sind, wollen wir warten, bis Stéphanie selbst uns eines Tages zusammenbringt, wenn sie das Bedürfnis danach verspürt.
Ich wünsche Ihrem Mann einen schönen Geburtstag im Kreise der Kinder und Enkel … und mit den Gedanken derer, die nicht mehr da sind.
Ich grüße Sie sehr herzlich,

Anne Vallio

STÉPHANIE BOUVIER AN IHR UNGEBORENES KIND

Cap Ferret,
3. November 2000

Mein winzig kleines Baby,

Du bist da, in mir, Du bewegst Dich, ich spüre Dich. Das Haus ist still. Ab und zu fallen Pinienzapfen herab, und die Bucht ist heute Abend ganz rosa. Ich habe keine Angst, im November allein in unserem Häuschen zu sein, ich bin ja nicht mehr allein, Du bist da.
Wir sind von Lherbe nach Le Canon am Wasser entlanggelaufen, haben gesehen, wie sich die Pflöcke der Austernparks im Wasser spiegelten und etwas runzlig wurden. Wir haben ein paar Steine übers Wasser springen lassen und am Strand ein Stück Schwemmholz aufgesammelt, das wie ein Vogelkopf aussieht. Ich habe es auf den Kamin gelegt und hoffe, dass Papa es nicht wegwirft, er hat keinen Sinn für Schwemmholz.

Ich brauche meinen norwegischen Vater nicht mehr, um das Holz zu lieben, und auch nicht meine vietnamesische Mutter, um das glatte Wasser zu lieben, aus dem Gräser und Pflöcke auftauchen. Mein Leben hat mit mir angefangen, und das verdanke ich Dir.
Morgen werde ich auf den feuchten Sand am Ozeanstrand die Namen der Männer schreiben, die ich geliebt habe, ich werde die Dummheiten aufschreiben, die ich gemacht habe, ich werde eine Vergebungslitanei für Colette, meine Herzenszahnärztin, schreiben, und der steigende Ozean wird alles auslöschen und mich reinigen, mich taufen, mich erneuern, für Dich.
Mein Baby, mein winzig kleiner Junge, Du bist seit sechs Monaten in mir. So alt war ich, als ich zur Welt kam und sicher gleich in einen Brutkasten gelegt wurde, weit weg von den Geräuschen und Gerüchen meiner Mutter, die ich trotzdem wiedererkannt habe.
Ich bin heute traurig wegen Mama Colette, weil sie dieses einfache Glück nicht kennen gelernt hat. Ich verstehe immer besser, dass sie stets vor der Ruhe, der Erholung geflohen ist und dass sie mit einem riesigen Manko gelebt hat. Ist den Männern das bewusst? Papa sicher nicht. Für ihn

gab es keinen Bruch zwischen einer Frau, mit der er jeden Tag schlief, und einem kleinen Kind, das schon geboren war.
Jede Minute mit Dir, mein Baby, lässt mich die Leere in Mama besser verstehen, die sie mit Zahnplomben und Gebissen füllte. Ich hätte so gern gewollt, dass sie Dich kennen lernt, bestimmt wäre es für sie leichter gewesen, Großmutter zu sein als Adoptivmutter. Eine Großmutter leidet nicht darunter, dass sie den Enkel nicht in ihrem Bauch getragen hat.
Ich blicke auf die Landschaft, die ich liebe und die ich in Maine wiedergefunden habe. Ich lausche den Wellen und dem Wind auf dem Wasser und in den Pinien, ab und zu ein Auto in der Ferne. Ich gewöhne Dich an das Knistern des Holzfeuers im Kamin und an das Grollen des Ozeans, der uns daran erinnert, dass das Universum groß und alt ist und noch lange existieren wird und dass das Leben eines Menschen irgendwann nicht mehr sein wird als ein paar Sandkörner. Und doch ist es so kostbar, es verlangt so viel Fürsorge und Aufmerksamkeit, dass man gut versteht, weshalb der Mensch nicht einsehen will, dass es sich auf seine Zeit auf der Erde beschränkt.
Ich mache mir keine Sorgen, Dein Papa und ich

werden aus Dir ein sehr schönes, denkendes Sandkorn machen, und Deine Gedanken werden den Ozean überwinden.
Morgen kommt Hadrien zu uns. Vor seiner Ankunft gehen wir beide zur *Plage du Truc Vert*, ich schreibe bei Ebbe, wie ich es Dir erklärt habe. Ich nehme die Flasche Bordeaux mit, die wir heute Abend ausgetrunken haben, stecke den Brief hinein, den ich gerade schreibe, und werfe sie in die Wellen.
Ich bin nicht mehr eine Flasche im Meer, ich warte weder auf einen Hafen noch auf einen Seemann, ich bin ein Sandkorn, das ein anderes erschafft, ein Salzkorn, das ein anderes erschafft, eine Alge, die eine andere erschafft, eine Auster, eine Möwe, ein Eissturmvogel, eine Ringeltaube, eine Wildente, ein Delfin, ein Stück Bunker, ein Schwemmholz – das ist von nun an egal, die Welt fängt an, der Ozean, das bin ich, mit Dir darin.

Deine Mutter